Ich danke allen die mir Geholfen haben,
Simon Alperowitz, Rainer Waibel, Frank Vögele.
Ich danke meiner Lektorin Ursula Wenke,
Thomas Schippl für Graphische-Aufbereitung,
Günther Heintz für das zeichnen der Karikatur und
Vanessa Kohm für Motivation und Kraft nicht aufzugeben.

Herstellung und Verlag:
Books on Demand GmbH, Norderstedt
ISBN 978-3-8370-9407-7

Prolog

In einer regnerischen Septembernacht befanden sich zwei junge Polizisten auf der Baustelle eines Gutshauses. Die Beamten waren einem Tipp gefolgt; sie standen auf der Decke des ersten Stocks und sahen sich um. Im zweiten Stock war noch keine einzige Mauer hochgezogen und so fühlten sie sich wie auf dem Flachdach eines Bungalows. Werner, der ältere der beiden, schaute in den Regen. Es war ihr erster Fall – nichts Besonderes: zwei Teenager, die ausgerissen waren. Außergewöhnlich war nur die Feindseligkeit und Ablehnung, mit der ihnen alle Bewohner dieses abgelegenen Dorfes begegneten.

„Was sollen wir hier? Hier sind die Mädchen bestimmt nicht."

„Hast recht. Gehen wir, bevor wir uns hier den Tod holen."

Werner wollte gerade zu seinem Kollegen gehen, als er aus dem Augenwinkel einen Blitz bemerkte. Zischend flog ein Geschoss an seinem Kopf vorbei.

„Runter, hier schießt jemand auf uns!" Die beiden Beamten warfen sich flach auf den Boden. Krachend schlug eine weitere Kugel in die Hauswand des Rohbaus ein, kurz darauf folgte der nächste Einschlag. Baustrahler leuchteten auf und strahlten das Gebäude nun von allen Seiten an, sodass die beiden nicht sehen konnten, wo der Angreifer stand.

„Bleib im Schatten, wir müssen hier runter! Hier liegen wir wie auf dem Präsentierteller!" Auf dem Bauch krochen sie zu der Öffnung, von der aus eine Treppe zum Erdgeschoss führte.

„Roll dich runter, ich geb' dir Feuerschutz!"

Werner nahm all seinen Mut zusammen, stand auf und feuerte sein ganzes Magazin in die Richtung ab, aus der, wie er glaubte, die Schüsse gekommen waren. Dann sprang er seinem Kollegen mit einer Rolle hinterher. Hart schlug er auf dem Boden auf – seine Schulter schmerzte vom Abrollen. Er nahm das Ersatzmagazin aus seiner Jackentasche und lud seine Waffe.

„Die Schüsse kommen vom alten Gutshaus, wir rennen zum Tor! Lauf im Zickzack, dann ist es schwerer, uns zu treffen. Auf drei!"

In Panik hasteten die beiden jungen Männer zu dem schweren schmiedeeisernen Tor und sprangen dort hinter ihren grün-weißen Polizeiwagen in Deckung. Als kein weiterer Schuss fiel, stiegen sie vorsichtig an der vom Haus abgewandten Seite in ihren Opel. Die beiden Polizisten mussten zurück zu ihrem Hotel, um Hilfe zu rufen. Sie rasten zu ihrer Unterkunft. Werner hatte dort ein mobiles Telefon, das in einen Koffer eingebaut war. Am Hotel angekommen fanden sie ihr Gepäck vor dem Eingang liegend.

„Was soll das?"

„Egal, ruf Hilfe!"

Werner öffnete den Koffer, aber das Telefon war zerstört. Die Wählscheibe war herausgerissen und der Telefonhörer abgeschnitten worden.

„Und jetzt?"

„Zum Rathaus, da ist ein Telefon!"

So schnell sie konnten, rannten sie zu dem nahe gelegenen Gebäude. Hinter der Glastür sahen sie den Bürgermeister des Ortes.

„Hilfe! Sie müssen uns helfen."

Der Bürgermeister schloss die Tür von innen ab und verschwand im Gebäude.

„Was soll das? Der muss uns doch gehört haben!" Ratlos rüttelten sie am verschlossenen Haupteingang. Karl, der jüngere der Beamten, ging zur Straße, hob einen Kanaldeckel auf und kam damit zurück zur Glastür.

„Der sperrt uns hier nicht aus!" Zu spät erkannte er die beiden Dobermänner, die im Gebäude gerade die Treppen herunterkamen. Mit lautem Klirren ging die Glasscheibe zu Bruch und im selben Moment sprangen die zwei riesigen Bestien heraus. Eine verbiss sich sofort in Werners Arm.

„Tu was!"

In Panik zog Karl seine Waffe und schoss auf den Hund, der sich an Werners Arm festgebissen hatte. Das erste Tier konnte er leicht erlegen, das zweite war zu schnell. Jetzt eröffnete auch Werner das Feuer und traf das Monster. Jaulend brach es, kurz bevor es Karl anfallen konnte, zusammen. Als die beiden Männer sich umsahen, kamen von überall her schwarz gekleidete Personen auf sie zu. Sie waren vermummt, sodass man ihre Gesichter nicht erkennen konnte.

„Wie viele Kugeln hast du?"

„Drei!"

„Ich hab noch vier. Das reicht nicht, dazu sind es zu viele! Laufen wir zur Kirche, die muss offen sein! Dort können wir uns verbarrikadieren."

In heller Panik hasteten die beiden über den großen Platz vor der Kirche und warfen das schwere Eichenportal hinter sich ins Schloss.

„Such was, womit wir das Tor blockieren können!"

In diesem Moment erschien der Pfarrer aus einer Tür hinter dem Altar.

„Sie sind hier nicht erwünscht! Bitte gehen Sie!"

„Sie können uns doch nicht rauswerfen."

Hinter dem Pastor drängte sich ein halbes Dutzend dunkler Gestalten in den Altarraum. Sie waren mit Mistgabeln, Knüppeln und brennenden Fackeln bewaffnet.

„Verschwindet! Ihr seid hier nicht erwünscht!", riefen alle zusammen. Ein ohrenbetäubender Knall ließ das Eichenportal vibrieren. Die jungen Beamten öffneten das Tor und sahen ihren Dienstwagen lichterloh brennen. So schnell sie konnten, rannten sie aus dem Ort. Anfangs konnten sie noch die Schreie ihrer Verfolger hören und das flackernde Licht ihrer Fackeln sehen. Werner und Karl rangen nach Luft. Sie liefen wie durch einen Tunnel und nahmen nicht mehr wahr, was rechts und links von ihnen geschah. Völlig erschöpft kamen sie nach einer Stunde Flucht im nächsten Ort an, wo sie mit letzter Kraft in die Dorfkneipe taumelten. Dort brachen sie zusammen.

Die beiden Beamten waren noch nicht einmal im Krankenhaus angekommen, als ihr Vorgesetzter schon ein sehr unangenehmes Gespräch mit seinem Chef hatte. Es wurde entschieden, die Angelegenheit nicht weiter zu verfolgen, um Schaden für die ermittelnden Beamten und die Polizei zu vermeiden. Der Vater des vermissten Mädchens hatte seine Anzeige zurückgezogen. Der Fall wurde zu den Akten gelegt.

I

Fast zwanzig Jahre später: Kurt Müller – ein arbeitsloser Bäcker, der vor zehn Jahren seinen Beruf wegen einer Mehlstauballergie hatte aufgeben müssen – und Mark Scheffel, ein Student der Geschichte, saßen zusammen in Kurts Wohnung. Vor ihnen waren Karten ausgebreitet und Mark hatte sein Lieblingsbuch – „Die Rolle der Feldherren im Dreißigjährigen Krieg" – in der Hand.

Die beiden hätten unterschiedlicher nicht sein können: Kurt war ein hagerer Mann Mitte vierzig. Die wenigen Haare, die er noch hatte, waren grau. Mark, der zwanzig Jahre jüngere Student, trug sein langes blondes Haar immer zu einem Zopf zusammengebunden und verbrachte jede freie Minute im Fitnesscenter. Die beiden Freunde verband ein gemeinsames Hobby: Sie gruben nach Fundstücken aus dem Dritten Reich. Da sie ihre Funde bei Versteigerungen im Internet gut verkaufen konnten, war daraus mit der Zeit ein festes Einkommen geworden, von dem beide gut leben konnten. Kennengelernt hatten sie sich auf einem Acker in Frankreich, auf dem sie sich mit Gleichgesinnten zu einer nächtlichen Grabung getroffen hatten. Der Besitzer des Felds hatte jedoch Wind davon bekommen und die Polizei alarmiert. Auf der Flucht hatte Mark den Älteren bemerkt, der anscheinend die Orientierung verloren hatte und der Polizei genau in die Arme zu laufen drohte. Er hatte Kurt gepackt und ihn mit zu seinem Auto gezogen. Seit diesem Tag arbeiteten sie zusammen.

Mark war wieder bei seinem Lieblingsthema. Vor vier Monaten hatte er in der Universitätsbibliothek ein Buch über einen Feldherrn im Dreißigjährigen Krieg gefunden. Auf der Flucht war dieser mit seinen Männern in einen Hinterhalt geraten. Um zu verhindern, dass dem Feind sein Gold in die Hände fiel, hatte er es vergraben lassen.

„Sie sind in ein großes Tal geflohen und als ihnen dann der Weg abgeschnitten wurde, mussten sie in ein Seitental ausweichen. Wir haben an der falschen Stelle gesucht", erläuterte Mark fast flehend. „Diesmal bin ich mir sicher, schau hier auf die Karte!"

Er zeigte auf ein Tal, das sie bisher noch nicht durchsucht hatten. Kurt musste seinem Freund zwar recht geben, dass es von der Lage und Beschaffenheit her das im Buch beschriebene Tal sein könnte, aber die letzten fünf bereits durchforsteten Gebiete hätten es ebenso sein können. Eigentlich war es seiner Meinung nach wieder einmal an der Zeit, etwas Geld zu verdienen. Größere Ausgaben standen an: Sein Haus brauchte ein neues Dach und als Arbeitsloser bekam er bestimmt keinen Kredit, um die zu erwartenden 25.000 Euro bezahlen zu können. Aber er wusste auch, was er seinem Kumpel zu verdanken hatte, und wollte ihn nicht mit einer rigorosen Abfuhr vor den Kopf stoßen.

„Jetzt hör mal, Mark! Der Schatz läuft uns ja nicht weg, aber im Moment ist es finanziell ziemlich knapp. Du weißt, mein Dach muss gedeckt werden und ein neuer Auspuff für mein Auto ist auch fällig. In einem Monat muss ich zum TÜV. Lass uns zuerst mal Geld verdienen und wenn wir wieder flüssig sind, können wir uns um Deinen Schatz kümmern."

„Nur noch einmal. Wenn wir heute Abend keinen Erfolg haben, dann lassen wir es. Versprochen! Wenn wir den Schatz finden, bist du alle Sorgen los!"

Auch dieses Argument war schon abgedroschen, aber wegen des einen Tages wollte Kurt jetzt auch keine Missstimmung aufkommen lassen.

„Aber wenn wir heute keinen Erfolg haben, dann ist das Thema erst mal vom Tisch. Morgen Nacht …"

„Ja, morgen suchen wir wieder nach Weltkriegs-Souvenirs. Abgemacht!" Mark und Kurt besiegelten ihre Abmachung mit einem Handschlag.

„Dann machen wir es so!"

„Ich bereite alles vor. Wir sehen uns dann am üblichen Treffpunkt." Sie verabschiedeten sich, denn vor ihrer nächtlichen Expedition mussten sie noch etwas schlafen.

Kurt und Mark trafen sich Punkt zehn Uhr. Sie fuhren mit dem roten Opel Astra Kombi, den Kurt sich eigens für ihr ungewöhnliches Hobby gekauft hatte, nach Falkenstein. Kurz vor dem Ortsschild hielt Kurt an und ließ Mark mit den Metalldetektoren, den Lampen und der restlichen Ausrüstung aussteigen.

„Bin gleich wieder da! Ich parke nur schnell den Wagen." Mark nickte kurz und machte sich daran, ihre Ausrüstung über die Straße ins Dunkel des Waldweges zu bringen. Sie waren bei ihren nächtlichen Ausflügen immer sehr darauf bedacht, nicht bemerkt zu werden. Wenige Minuten später kam Kurt am Straßenrand zu seinem Freund zurückgelaufen.

„Bist du bereit?", fragte Mark gut gelaunt. „Heute Nacht werden wir endlich Heinrichs Schatz finden. Hier sind wir richtig. Ich bin mir ganz sicher!"

„Wie schon so oft." Kurt lachte kurz auf. „Wenn es mir um den Schatz ginge, wäre ich schon lange nicht mehr dabei."

„Großes Seitental eines Baches, der in den Rhein mündet, und ein Sumpfgebiet. Es muss hier sein!" Mark war vollkommen überzeugt.

„Dann lass uns anfangen, sonst werden wir es nie erfahren."

Kurt schaltete seine Taschenlampe an und packte seinen Metalldetektor zum Klappspaten und den anderen

Grabungsutensilien in einen Seesack. Dann lief er los. Mark tat es seinem Freund gleich.

Es war eine finstere Nacht. Der Himmel war bewölkt und so konnte noch nicht einmal der Mond die Dunkelheit etwas aufhellen. Mark erschrak jedes Mal, wenn sich irgendetwas im Wald zu ihrer Rechten oder Linken bewegte. Meist waren es nur Vögel oder kleine nachtaktive Tiere, aber Mark hatte auch schon einmal in die Augen eines riesigen Ebers geblickt. Zu seinem Glück war das Tier genauso erschrocken gewesen wie er und war geflüchtet. Jetzt befürchtete er immer, wenn er ein Knacken hörte, wieder vor einem Wildschwein zu stehen.

Nach zehn Minuten Fußmarsch sahen sie zu ihrer Linken einen kleinen Stausee.

„Hoffentlich haben sie unser Sumpfgebiet nicht in einem See ertränkt. Auf Tauchen hab ich heute keinen Bock!"

Mark sah mit leicht besorgtem Ausdruck auf den See und antwortete seinem Freund: „Der See ist auf der Karte verzeichnet; der Sumpf kommt erst in gut zwei Kilometern. Keine Sorge, wir müssen nicht tauchen."

Er sollte recht behalten. Nach einem zweiten, aber viel kleineren See schlängelte sich der Bach zunächst weiter neben dem Weg entlang. Dann wurde das Gelände unübersichtlicher. Bäume standen im kniehohen Wasser und auf der Wasseroberfläche spiegelte sich der Schein ihrer Taschenlampen. Mark blieb stehen und überprüfte noch einmal ihren Standort auf der Karte, um dann zu verkünden: „Hier sind wir richtig!"

Er legte seinen Seesack auf den Boden und begann, seine Gummistiefel anzuziehen. Diese hatten sie in einem Anglershop gekauft; sie reichten weit über die Knie. Mit ihren Metalldetektoren machten sie sich dann an die Arbeit. Hin und wieder schreckten sie einen Vogel auf, aber bis um vier Uhr in der Früh waren Getränkedosen ihre einzigen Funde. Sie wollten schon aufgeben, als Mark eine weitere Entdeckung machte. Als er zugreifen wollte, fasste seine Hand ins Leere.

„He, Kurt, komm mal her, ich brauche mehr Licht!"

„Hast du was gefunden?"

„Weiß noch nicht, komm jetzt!"

Kurt eilte, so schnell es bei dem morastigen Boden überhaupt möglich war, zu seinem Freund und leuchtete mit ihren beiden Lampen auf die Stelle, an der Marks Metalldetektor angeschlagen hatte. Mark grub mit seinen Händen im Schlamm. Nach wenigen Minuten verkündete er: „Da ist etwas! Fühlt sich an wie ein Plastiksack."

„Also wieder nichts! Dein Feldherr hat seinen Schatz bestimmt nicht in einer Plastiktüte vergraben. Komm, lass uns gehen, es wird ohnehin gleich hell!"

„Warte, ich will wissen, was da drin ist! Es fühlt sich seltsam an."

„Was soll da schon drin sein? Müll! Irgendein Arsch hat seinen Müll hier entsorgt und du gräbst ihn jetzt aus!"

„Kurt, denk mal etwas logisch. Jemand, der seinen Abfall loswerden will, macht sich wohl kaum die Mühe, hier reinzuwaten und ihn zu vergraben. Der wirft ihn weg und sucht das Weite."

Dem konnte Kurt nichts entgegensetzen, auch wenn er es nicht zugeben wollte. Missmutig hielt er weiter die Lampen, während sein Freund auf immer größer werdender Fläche seinen Fund freilegte. Nach einer halben Stunde zog Mark endlich einen blauen Müllsack aus dem Wasser.

„Sagte ich es nicht? Müll! Komm, lass uns gehen!"

„Warte, Kurt, jetzt hab ich ihn schon ausgegraben, dann will ich auch sehen, was darin ist."

Mark nahm sein Messer und schnitt den Müllsack auf. Was die beiden sahen, ließ ihnen das Blut in den Adern gefrieren. Sie blickten in das Gesicht eines blonden Mädchens. Kurt ließ sofort den Sack los und dieser sank wieder zum Grund.

„Scheiße, was machen wir jetzt?", fragte Mark mit verzweifelter Stimme.

„Keine Ahnung, wir müssen die Polizei und einen Krankenwagen rufen!"

„Spinnst du? Einen Krankenwagen? Die ist tot! Und die Polizei? Wir sitzen hier mitten in der Nacht mit einer Mädchenleiche. Wir sind im Arsch!"

„Uns hat keiner gesehen! Hauen wir ab!"

Eilig packten sie ihre Sachen zusammen und rannten los. Mark musste immer wieder auf seinen Kumpel warten, der mit hochrotem Kopf versuchte, ihm zu folgen. Sie waren schon am See, als sie Hundegebell hörten. Geistesgegenwärtig warf Mark den Sack mit ihrer Ausrüstung in den See. Ihnen kam ein Rentner entgegen, eine Leine in der Hand, an der ein stolzer Schäferhund zog.

„Guten Morgen, die Herren! Sie sind ja schon früh auf den Beinen."

„Sie sagen es, wir wollen etwas für unsere Fitness tun", antwortete Mark, während sein Freund neben ihm japsend nach Luft rang. Sein Kopf hatte inzwischen die Farbe einer Tomate angenommen.

„Ihr Freund sollte aber etwas langsamer laufen. Das ist nicht gut, wenn man es übertreibt", riet der Rentner.

„Es ist ja nicht mehr weit bis zum Parkplatz. Wir müssen weiter."

Ihre Wege trennten sich. Kaum war der alte Herr außer Hörweite, meldete sich Kurt:

„Wir müssen die Polizei anrufen!"

„Das geht nicht, das haben wir doch schon geklärt!"

„Wer auch immer das Mädchen war: Sie liegt schon länger dort und jetzt wird sie gefunden! Der Alte hat uns gesehen, es gibt dort überall Spuren von uns und unsere Ausrüstung liegt da vorne im See. Wenn wir jetzt abhauen, wird es nur noch schlimmer!"

Mark überlegte einen Moment. Mit einem kurzen Nicken holte er sein Handy aus der Hosentasche und wählte die Notrufnummer. Nach nicht einmal fünfzehn Minuten kam ihnen auf dem Waldweg ein Polizeiauto entgegen. Sie fuhren auf dem Rücksitz mit zu dem Ort, an dem sie ihren grausigen Fund gemacht hatten. Kurt ging ins Wasser, hob den Müllsack hoch und zog ihn zum Wegrand. Der ältere der beiden Beamten blickte hinein, dann sah er Kurt und Mark ins Gesicht und sagte mit ernster Stimme:

„Ich glaube, dass Sie uns einiges zu erklären haben!"

II

Fast achtzig Kilometer entfernt saß Karl Bergmann in seinem neuen Büro in Mainz. Karl betrachtete ein Foto, das auf seinem Schreibtisch stand. Es zeigte ihn bei seiner Beförderung zum Polizeichef durch den Ministerpräsidenten. Er sah auf dem Bild alt aus: lichtes graues Haar, Falten um die Augen und, wie seine Kollegen scherzhaft lästerten, genau in dem Alter, in dem es Zeit wurde, auf einen Alterssitz im Büro abgeschoben zu werden. Nur fühlte er sich nicht alt. Er hatte trotz der fünfzig Jahre, die er inzwischen auf dem Buckel hatte, den letzten Sporttest als Revierbester abgeschlossen. Beim Schießen hatte er 290 von 300 möglichen Punkten geholt und beim Nahkampftraining schickte er noch immer jeden der jungen Hüpfer auf die Matte. Und jetzt war er angeblich alt! Er langweilte sich. Mehrfach hatte er deutlich gemacht, dass er hier fehl am Platz war.

„Das ist ein Job für Sesselfurzer", hatte er dem Justizminister gesagt, aber es half alles nichts.

„Sie sind mein bester Mann, nur nicht so bescheiden! Ich brauche Sie auf diesem Posten", hatte er zur Antwort bekommen.

An diesem Morgen erreichte ihn ein Fax, das ihm das Blut in den Adern gefrieren ließ. Karl erkannte das Opfer sofort, er brauchte nur Sekunden auf das mitgesendete Foto zu schauen. Die Erinnerung an das vor fast 20 Jahren Geschehene veranlasste ihn dazu, sich aktiv in die Ermittlungen einzuschalten. Gegen alle Einwände seiner Mitarbeiter machte er sich auf den Weg nach Falkenstein.

Zur gleichen Zeit war in dem Sumpfgebiet wenige Kilometer von Falkenstein entfernt die Hölle los. Die Spurensicherung hatte das Gelände in großem Umkreis weiträumig abgesperrt. Zwei völlig überforderte Dorfpolizisten versuchten, den Fall zu lösen. Sie verhörten die einzigen Verdächtigen, die sie hatten: Kurt Müller und Mark Scheffel. Die beiden saßen nun schon seit zwei Stunden einem schlecht gelaunten, in die Jahre gekommenen Beamten gegenüber.

„Wenn Sie gestehen, wird es für Sie im Prozess Vorteile bringen!", wiederholte Heinrich Hintermann, als hoffte er, die beiden mit diesem Angebot davon zu überzeugen, dass sie schuldig waren. „Sie glauben doch nicht, dass Ihnen irgendjemand Ihre aberwitzige Geschichte vom Schatz eines Königs glaubt."

„Feldherr! Zum hundertsten Mal! Feldherr, kein König", antwortete Mark resignierend. „Und Sie können ja in meinem Buch nachsehen, ich habe es zu Hause."

„Der Trottel kann bestimmt nicht lesen!", flüsterte ihm sein Freund Kurt zu und beide konnten sich das Lachen nicht verkneifen.

„Ihnen wird das Lachen bald vergehen, unser Polizeichef ist auf dem Weg hierher. Der wird die Wahrheit schon herausbekommen."

Der Beamte rief seinen vertrottelten Gehilfen und ließ sie in die einzige Zelle bringen, die er in seiner winzigen Polizeiwache hatte.

Gegen neun Uhr traf Karl Bergmann in Falkenstein ein. Er sah sich am Fundort genau um und ging dann zu der Leiche, die inzwischen zum Abtransport bereit war. Der Doktor zog das Leinentuch etwas zurück:

„So, das ist unser Opfer."

„Was machst du hier?", murmelte Karl mehr zu sich selbst.

„Was meinen Sie?"

„Nicht so wichtig. Können Sie schon etwas über den Todeszeitpunkt sagen?"

„Nichts Genaues, das Opfer liegt hier schon lange, exakter kann ich es jetzt noch nicht sagen", erklärte der Mediziner mit einem Achselzucken. Karl wandte sich dem Chef der Spurensicherung zu.

„Wo sind die Beamten, die hier zuständig sind?"

„Hintermann? Er und sein Helfer haben sich die zwei Männer geschnappt, die unsere Leiche gefunden haben, und verhören sie."

„Gut, es ist immer wichtig, zu wissen, wo und unter welchen Umständen der Fund gemacht wurde!"

„Nein, die Kollegen halten sie für die Mörder!"

„Bitte? Hat der Arzt ihnen nicht erklärt, dass …"

„Versucht hat er`s", fiel ihm der Beamte von der Spurensicherung ins Wort, „nur – die zwei sind Bauern! Dumm wie Bohnenstroh, ich war froh, als sie endlich weg waren."

„Danke, ich werde mir diese sauberen Kollegen mal vornehmen." Karl Bergmann setzte sich in seinen 7er-BMW und fuhr zur Polizeiwache des kleinen Dorfes. Der Polizist kam ihm sofort entgegen:

„Herr Polizeichef, welche Ehre. Wir haben sofort die Mörder festgenommen, die sitzen hinten in der Zelle. Ich meine nur, falls Sie die beiden noch selbst verhören wollen…"

„Mörder?", fragte Bergmann.

„Ja, zwei ganz Abgebrühte! Sie leugnen zwar noch, aber die werde ich schon noch weichkochen. Die gestehen!"

„Na, dann zeigen Sie mir mal Ihre Mörder!", antwortete Karl amüsiert.

Der Dorfpolizist führte ihn in einen kleinen, schäbig eingerichteten Raum, in dem ein alter Holztisch mit vier Stühlen stand – ansonsten war das Zimmer leer. Ein alter Kassettenrecorder stand mitten auf dem Tisch. Dann rief er seinen Gehilfen und wies ihn an, die beiden Mörder zu holen.

Nach zwei Minuten brachte der junge, etwas vertrottelt wirkende Beamte zwei an Händen und Füßen gefesselte Männer in den Raum und zwang sie, sich Karl gegenüberzusetzen. Eifrig schaltete der Dorfpolizist den Recorder an und sagte dann mit lauter verständlicher Stimme: „Befragung Mörder und Vergewaltiger Klaus äh, äh … Scheiße …"

Verärgert spulte er das Band zurück und wollte gerade neu anfangen, als ihn Karl unterbrach: „Was machen Sie?"

„Ich zeichne das Gespräch auf!"

„Wie heißen Sie?"

„Heinrich Hintermann."

„So, Heinrich, Sie wollen das Gespräch nicht aufnehmen und jetzt nehmen Sie den beiden Herren erst mal die Hand- und Fußschellen ab."

„Aber die sind gefährlich!", protestierte der Dorfpolizist.

„Sofort! Gefährlich ist nur Ihre Dummheit!", brüllte Karl nun in einem unangebracht lauten Ton. Widerwillig befolgte Hintermann den Befehl. Karl nahm sich eine Zigarette aus seiner Schachtel und bot den beiden Gefangenen ebenfalls eine an. Beide griffen zu und Karl gab ihnen Feuer. Dann begann er zu sprechen:

„Sie werden von meinem sehr fähigen Mitarbeitern beschuldigt, einen Mord begangen zu haben." Er machte eine bedeutungsvolle Pause. „Können Sie mir sagen, wo Sie zum Tatzeitpunkt waren – so vor ungefähr zwanzig Jahren?"

Karl sah die beiden mit todernstem Blick an. Diese blickten verständnislos und nun völlig verwirrt zurück.

„Das ist aber schade!", begann Karl erneut. „Sie, junger Mann! Sind Sie sich ganz sicher, dass Sie nicht aus dem Kinderwagen heraus eine junge Frau erstochen haben?"

„Nein!", antwortete Mark, der nicht wusste, was er davon halten sollte. Der Polizeichef wandte sich an Hintermann:

„Haben Sie gehört, Ihr Verdächtiger leugnet, jemanden aus dem Kinderwagen heraus erstochen zu haben. Was sagen Sie dazu, Hintermann?"

„Ja aber, ich meinte, nein, ich dachte – aber sie waren doch am Tatort." Der Dorfpolizist war sichtbar verwirrt.

„Ich meinte? Ich dachte?" Bergmann klang nun gar nicht mehr streng. Er hatte sein gemeinstes Grinsen aufgelegt und es hatte den Anschein, als genieße er es, seinen Untergebenen auflaufen zu lassen.

„Ich meinte, ich hätte es hier mit einem Trottel zu tun. Jetzt denke ich, dass Sie ein zwei Meter großer Idiot sind. So, ich erkläre Ihnen, was Sie jetzt tun: Sie kochen den beiden Herren einen Kaffee und befragen sie genau, was sie am Fundort gesehen haben. Dann fahren sie die beiden zu ihrem Wagen! Verstanden?"

„Aber ich dachte …", wollte der Dorfpolizist nochmals protestieren.

„Nicht denken, dazu sind Sie eindeutig nicht in der Lage!", erwiderte Karl streng. „Ich fahre jetzt zu einem Meeting und organisiere echte Polizisten, die sich um den Fall hier kümmern!"

Karl stand auf, verabschiedete sich von den zwei Gefangenen und hörte noch im Weggehen, wie Hintermann seinen Gehilfen anwies:

„Hast du den Polizeichef nicht gehört? Koch Kaffee!"

Karl stieg in seinen Wagen und rief mit seinem Autotelefon die einzige Person an, die ihm jetzt helfen konnte. Er verabredete sich mit dem Landtagsabgeordneten Marco Merkel in einem kleinen Café in Mainz.

Auf der Fahrt nach Mainz versuchte Karl, sich zu erinnern. Es war sein erster Fall gewesen und der einzige, den er nie gelöst hatte. Sein damaliger Kollege Werner – an den Nachnamen konnte er sich nicht mehr erinnern – hatte danach nie mehr den Polizeidienst aufgenommen. Werner war längere Zeit in psychologischer Behandlung gewesen und dann beurlaubt worden. Erst zwei Jahre später hatte Karl seinen Kollegen wiedergesehen. Werner war abgemagert und lag nach einem Selbstmordversuch in einer geschlossenen Abteilung in Klingenmünster. Wenig später hatte Werner mehr Erfolg gehabt und Karl musste ihn wieder besuchen – diesmal nicht festgebunden an ein Krankenhausbett, sondern bei seiner Beerdigung. Damals wurde endgültig beschlossen, dass es einen Fall „Altleiningen" nicht gab. Jetzt, nach fast zwanzig Jahren, fanden zwei Schatzsucher die Leiche zu diesem Fall und dieses Mal wollte er nicht versagen.

Ein Hupen weckte ihn aus seinen Gedanken, Bremsen quietschten. Karl war auf der Autobahn, sein Wagen befand sich genau zwischen zwei Spuren. Er zog zurück auf die rechte Spur und ließ die wild gestikulierenden Fahrer, die er geschnitten hatte, überholen.

In Mainz angekommen, führte ihn der erste Weg in sein Büro. Jetzt brauchte er die Personalakten von zwei Kollegen, die er bei einem anderen Fall kennengelernt hatte. Bergmann hatte die Akten von Sascha Weber und Klaus Steger schon vor Längerem angefordert, weil er sie überreden wollte, für ihn zu arbeiten. Nun brauchte er die beiden Beamten sofort. Er nahm den Bericht des Leichenbeschauers aus dem Fax und die beiden Personalakten vom Schreibtisch. Auf dem Weg zurück zu seinem Wagen ging er noch im Archiv vorbei und ließ sich die Akte eines zwanzig Jahre alten Vermisstenfalls geben. Er blätterte darin.

„Ich will die Originalakte, nicht diesen geschönten Scheiß."

„Die kann ich Ihnen nicht geben, die ist geheim", erklärte der alte Beamte, der das Archiv betreute.

„Wissen Sie, wer ich bin!?"

Der Beamte schüttelte den Kopf. Karl zeigte auf die Wand zu seiner Rechten. Dort hingen drei Fotos. Unter dem ersten stand „Ministerpräsident", unter dem zweiten „Polizeipräsident" und unter dem dritten, das, wie Karl meinte, ein besonders grässliches Porträt von ihm zeigte, stand „Polizeichef Karl Bergmann".

„Entschuldigung, ich hole sie." Der Alte machte sich auf den Weg und brachte eine zweite Akte zu dem Fall. Karl schlug sie auf und erkannte sofort seine Handschrift.

„Danke." Er nahm alles und ging zu seinem Wagen.

Karl versuchte gar nicht erst, in der Innenstadt einen Parkplatz zu finden, sondern lenkte seinen BMW in ein Parkhaus in der Nähe des Cafés, in dem er verabredet war. Nachdem er die Akten in seinem Aktenkoffer verstaut hatte, ging er zum vereinbarten Treffpunkt. Er setzte sich an einen Tisch ganz hinten in dem nur sehr schwach besuchten Café und bestellte sich einen Latte macchiato. Dann wartete er auf seinen Bekannten. Es dauerte fast vierzig Minuten, bis dieser auftauchte. Marco Merkel war wie immer adrett gekleidet, im Nadelstreifenanzug, und an seinem Handgelenk funkelte eine Rolex.

„Was gibt es?", fragte Marco, ohne sich erst die Zeit zum Grüßen zu nehmen. Karl öffnete seinen Koffer, nahm die Akte mit dem Bericht des Leichenbeschauers und reichte Marco ein Foto. Dieser schaute nur kurz darauf und sank dann in sich zusammen.

„Jessica?", fragte er mit Tränen in den Augen und setzte sich Karl gegenüber auf den Stuhl. Karl nahm das Bild wieder an sich und nickte.

„Und wo?", wollte Marco wissen.

„Falkenstein", antwortete Karl und schaute seinem Gegenüber tief in die Augen. Er war beruhigt, als er keine Reaktion feststellen konnte.

„Du wolltest wissen, wenn sich etwas Neues ergibt."

„Ich weiß; es ist gut, Gewissheit zu haben." Marco wischte sich die Tränen mit einem Stofftaschentuch ab und bestellte zwei Kaffee, dann fuhr er fort: „Was werdet ihr unternehmen?"

„Du weißt, dass du unweigerlich in die Sache mit hineingezogen wirst? Wenn wir etwas unternehmen, wird es für dich und jeden in Altleiningen sehr unangenehm."

„Spielt das noch eine Rolle? Ich will den Schuldigen! Egal, wer dafür über die Klinge springt!"

„Genau diese Reaktion habe ich von dir erwartet, mein Freund." Karl war erleichtert. „Du weißt: Auf normalem Weg wird keiner mit uns kooperieren. Wir müssen die Wahrheit aus ihnen herausprügeln. Ich habe genau die beiden richtigen Beamten für diesen Job."

Karl schob die Personalakten zu seinem Besucher. Dieser las sie interessiert durch. Hin und wieder brachte er ein „Oh Gott!" oder ein „Kann nicht sein!" hervor. Als er fertig war, schaute er auf und fragte:

„Was sind das? Polizisten oder Hooligans? Zusammen haben die mehr Disziplinarverfahren als die gesamte Polizei von Mainz. Und dieser Klaus hat vier Vorgesetzten die Nase gebrochen; was machen die?"

„Wie gesagt, wenn jemand die Wahrheit herausbekommt, dann die beiden! Und die Wahrheit wird schmerzhaft sein, vor allem für diejenigen, die sie nicht sofort preisgeben!"

„O. k., wenn das der einzige Weg ist … Was brauchst du?"

„Ich brauche zwei Unterschriften unter diese vorläufigen Versetzungen! Ich brauche dich, weil ich alleine den beiden nicht den Arsch decken kann. Und es wird Ärger geben, wenn die zwei in Altleiningen einfallen."

„Gut, Karl! Morgen früh, wenn deren Chef im Büro sitzt, hat er die Versetzung auf dem Tisch. Wie heißt er?"

„Markus Schmidt."

Marco notierte sich den Namen und versprach dann: „Und ich sorge dafür, dass deine Männer dort in Ruhe arbeiten können. Ich glaube, dass jeder, der an diesem Mord beteiligt war, mehr als nur eine gebrochene Nase verdient hat."

Mit diesen Worten streckte er Karl seine Hand entgegen, verabschiedete sich knapp und verließ das Café, nachdem er an der Theke bezahlt hatte. Karl ging kurze Zeit später. Auch er hatte noch viel zu erledigen. Zwei Beamte von auswärts zu holen, würde nicht gerade Jubelstürme auslösen.

Am nächsten Tag: Sascha Weber, ein hochgewachsener Beamter Anfang dreißig, saß an seinem Schreibtisch im Polizeipräsidium Mannheim. Sascha wirkte müde, sein Dreitagebart und seine zerzausten Haare machten einen ungepflegten Eindruck, tiefe schwarze Ränder unter den Augen erzählten von den vielen geleisteten Überstunden der letzten Wochen. Er tat das, was er immer tat: Er trank Kaffee, rauchte und versuchte dabei, mit dem Kamm sein dichtes schwarzes Haar zu bändigen – wie immer ohne Erfolg.

Er war überglücklich. Endlich, nach über drei Monaten Wartezeit, hatte er wieder einen eigenen Dienstwagen, einen nagelneuen 5er-BMW in Graumetallic. Seit er bei einer Verfolgungsjagd auf der A5 kurz vor Grünstadt seinen alten Dienstwagen in die Leitplanken gelenkt hatte, mussten er und sein Kollege Klaus Steger, ein schwergewichtiger Altrocker und Harley-Fahrer mit langen schwarzen Haaren und einem größeren Kaffee- und Zigarettenverbrauch als er selbst, einen vier Jahre alten Opel Vectra aus dem Fuhrpark für Streifenpolizisten nutzen.

Sascha war heute allein im Büro, sein Partner hatte seinen freien Tag. Er hatte es sich gerade gemütlich gemacht, einen neuen Kaffee geholt, lehnte sich jetzt bequem in seinem Schreibtischstuhl zurück und legte die Beine auf den Tisch. Im Halbschlaf überhörte er das Klopfen an der Tür. Auch dass der Besucher, ohne hereingebeten worden zu sein, das Büro betrat, bemerkte er nicht. Erst als sein Chef Markus Schmidt, ein im ganzen Präsidium unbeliebter Vorgesetzter, das Strafgesetzbuch vom Schreibtisch nahm und es mit voller Wucht neben seinem Kopf an die Wand schlug, wachte Sascha auf. Vor Schreck fiel er vom Stuhl. Noch völlig verdattert saß er nun auf dem Teppich hinter seinem Schreibtisch und sah zu seinem Chef auf, der sich vor ihm aufgebaut hatte:

„Nennen Sie mir einen Grund, warum ich Sie nicht schon längst entlassen habe?", fragte Markus Schmidt mit schon fast resignierendem Unterton.

„Weiß nicht, Boss. Wahrscheinlich, weil ich Ihr bester Mann bin!", antwortete Sascha, während er sich vom Boden erhob, um sich wieder in seinen Bürostuhl setzen. „Oder einfach, weil ich Beamter und unkündbar bin!"

„Ach so!" Markus lief um den Schreibtisch herum und setzte sich seinem Mitarbeiter gegenüber. „Karl Bergmann hat Sie und Steger angefordert. Es geht um einen Mordfall. Sie sollen die Ermittlungen dort übernehmen."

Sascha kannte Karl Bergmann noch von seinem letzten großen Fall, er war ein Freund von Schmidts Vorgänger, eines von allen respektierten und fairen Vorgesetzten, der von vielen im Präsidium sehr geachtet worden war.

„Bergmann?" Sascha war verwirrt: „Der ist doch der Leiter des Polizeipräsidiums in Ludwigshafen. Das ist doch ein ganz anderes Bundesland. Wie kann er uns da anfordern?"

„Aus irgendeinem mir überhaupt nicht einleuchtendem Grund hält er Sie zwei für sehr fähige Polizisten!" Schmidt schüttelte ungläubig den Kopf. „Wahrscheinlich Demenz! Auf jeden Fall kommt der Befehl von ganz oben. Melden Sie sich bei Bergmann! Ach so: Steger hat heute frei, dann nehmen Sie heute mal Lofier mit!"

„Lofier?" Wenn Sascha eine Person mehr verachtete als Schmidt, dann war es Marco Lofier, ein Korinthenkacker erster Klasse, wie er immer zu sagen pflegte. Lofier verriet seine Kollegen gern beim Chef und alles musste bei ihm streng nach Vorschrift gehen. Diese kannte er natürlich auswendig und wurde nicht müde, daraus zu zitieren. Der letzte gemeinsame

Einsatz hatte mit vier Wochen Krankenhausaufenthalt für Lofier geendet und wenn Karl-Heinz Maier nicht alle Register gezogen hätte, wäre Sascha suspendiert und wahrscheinlich aus dem Polizeidienst entlassen worden.

„Haben wir zu viele Beamte oder warum wollen Sie ihn opfern?"

„Sie werden dem Kollegen kein Haar krümmen, Weber! Haben Sie mich verstanden?"

„Kein Problem! Wenn Sie mir versprechen, dass er seine dumme Fresse hält!", konterte Sascha angriffslustig. „Aber ein Vorschlag zur Güte: Ich rufe Klaus an. Er ist sicherlich bereit, auf seinen freien Tag zu verzichten!"

„Gut! Aber wenn Steger nicht kommt, dann fahren Sie mit Lofier. Verstanden?" Ohne eine Antwort abzuwarten, verließ Schmidt das Büro.

Es war acht Uhr. Klaus Steger lag neben seiner Lebensgefährtin, einer Politesse mit Haaren auf den Zähnen, im Bett. Claudia war eine ansehbare Frau Anfang vierzig. Lüstern schaute Klaus auf ihren Hintern; seine nur mit einem schwarzen String bekleidete Lebensgefährtin stand gerade aus dem Bett auf, um sich für die Arbeit fertigzumachen. Er setzte sich auf und nahm sie in den Arm.

„Kannst du dich nicht einfach krankmelden? Wir machen uns einen gemütlichen Tag!", versuchte Klaus, seine Freundin zu betören.

„Nein, das geht nicht! Wir sind sowieso schon unterbesetzt und überhaupt – meinst du, es kommt nicht raus, wenn ich ausgerechnet heute krank bin, wenn du frei hast?"

„Na und, wen interessiert das?"

„Mich!" Und damit wand sie sich aus seiner Umarmung und stand auf. In diesem Moment klingelte das Mobiltelefon auf dem Nachttisch.

„Wer ist denn das jetzt?", grummelte Klaus und nahm das Gespräch an. „Steger, wer stört?"

„Klaus, bist du es?", hörte er die Stimme seines Partners.

„Wer denn sonst? Was gibt es? Hast du Sehnsucht nach mir oder warum rufst du mich an meinem freien Tag zu so einer unchristlichen Zeit an?"

„Wir haben einen neuen Fall und ich brauche dich!"

„Ach, jetzt komm! Du wirst doch einen Tag ohne mich auskommen?"

„Nein! Wenn du nicht kommst, muss ich mit Lofier fahren!"

„O. k., das ist wirklich ein Notfall. Ich bin in einer Stunde da!"

„Danke, hast echt was gut bei mir!"

„Ja, ja. Bis gleich." Und damit legte Klaus auf. Seine Freundin, die in der Tür stehen geblieben war, sah ihn an.

„Kein freier Tag?"

„Nein, koch für mich einen Kaffee mit!"

Nach einem ausgiebigen Frühstück kam Klaus kurz vor neun bei Sascha im Präsidium an.

„Hallo Sascha, was gibt es, was nicht bis morgen Zeit hat?"

„Mord! Ein junges Mädchen ist in Falkenstein gefunden worden. Karl Bergmann hab ich schon angerufen, er will sich mit uns am Tatort treffen. Er ist schon mit der Spurensicherung dort."

„Bitte? Bergmann, der ist doch für Rheinland-Pfalz zuständig, was haben wir damit zu tun?"

„Er hat uns angefordert!"

Sie machten sich zusammen auf den Weg zum Parkplatz. Dort angekommen, konnte Klaus seinen Augen kaum trauen: „Sag bloß, dass ist unser neuer Dienstwagen?"

„Ja, ist der nicht geil? Der hat alles, 286 Pferde unter der Haube, Volllederausstattung und sogar ein Navigationsgerät mit TV-Bildschirm und DVD-Player."

„Dann zeig mal, was er auf der Straße so alles kann."

Mit quietschenden Reifen lenkte Sascha den Wagen aus dem Polizeirevier Mannheim. Sie rasten mit weit überhöhter Geschwindigkeit durch die Mannheimer Innenstadt.

„Wir sollten vor dreißig Minuten in Falkenstein sein, wir sind viel zu spät", erklärte Sascha. Sie kamen sehr schnell voran. In Lambrecht hielten sie noch kurz an einer Tankstelle und besorgten sich zwei Kaffee.

„Jetzt sind wir gleich da!", erklärte Sascha und zeigte auf den Bildschirm am Armaturenbrett. Das Navigationssystem meldete sich:

„In 50 Metern rechts abbiegen."

Klaus sah nur einen Waldweg und wollte Sascha noch warnen, aber es war schon zu spät. Voller Gottvertrauen schoss Sascha mit fast unverminderter Geschwindigkeit in den Waldweg. Gleichzeitig mit dem Ausruf „Scheiße!" schlug der BMW ungebremst in die Schranke ein. Die Airbags lösten sofort aus, drückten Sascha seine brennende Zigarette ins Gesicht und Klaus' halb voller Kaffee, den er zwischen seine Beine geklemmt hatte, ergoss sich über seine Hose. Die beiden saßen starr vor Schreck in ihrem völlig zerstörten Dienstwagen; resignierend schaute Sascha auf den unversehrten Arm der Schranke, der zu ihrem Glück sehr tief angebracht war, sodass der Motorraum den Aufschlag abgefangen hatte. Klaus blickte auf den riesigen Kaffeefleck in seinem Schoß.

„Vielen Dank, du Arschloch! Jetzt sehe ich aus, als hätte ich in die Hosen gemacht."

„Hast du das etwa nicht?", wollte Sascha wissen, in dem nach kurzer Erholung der Kampfgeist wieder erwachte.

„Nein, hab ich nicht", knurrte Klaus erbost. „Willst du uns umbringen? Wie bekloppt muss man eigentlich sein, hier so reinzufahren?"

„Kann ich ahnen, dass die Idioten hier eine Schranke herbauen?", versuchte sich Sascha zu rechtfertigen. „Also piss mich nicht an!"

„Ich soll dich nicht anpissen?" Klaus kam langsam in Fahrt, seine Augen verengten sich zu Schlitzen und mit hochrotem Kopf zischte er weiter: „Du zerlegst den zweiten Dienstwagen in drei Monaten und ich soll dich nicht anpissen! Und wie sollen wir jetzt zum Tatort kommen? Laufen?"

Sascha öffnete amüsiert die Tür und stieg aus.

„Laufen ist keine allzu schlechte Idee", goss er noch etwas Öl ins Feuer und während er den Schaden am BMW begutachtete, fügte er hinzu: „Sieht doch gar nicht so schlimm aus, ist vorne nur etwas eingedellt, das bekommen unsere Kfz-Mechaniker locker wieder ausgebeult."

„Nicht so schlimm?" Klaus war inzwischen auch ausgestiegen und starrte auf die Front des um einen Meter gekürzten Fahrzeugs. „Erinnerst du dich? Unser Wagen war mal über vier Meter lang. Fällt dir was auf?"

„Wieso siehst du immer alles so negativ?" Sascha schloss mit einem Druck auf den Taster am Schlüssel den Wagen.

„Negativ? Du schuldest mir einen Kaffee, und zwar sofort!"

„Und wo soll ich jetzt einen Kaffee herzaubern?", wollte Sascha wissen.

„Lass dir was einfallen, die Schranke hast du ja auch ganz ohne Hilfe getroffen", bemerkte Klaus zynisch. „Aber als du deinen Ausflug in die Wildnis gestartet hast, hab ich ein Ortsschild gesehen. Wo ein Ort ist, gibt es auch Kaffee."

„Also gut, holen wir erst mal Kaffee. Wir sind sowieso zu spät, zehn Minuten mehr oder weniger …" willigte Sascha resignierend ein.

Nach nur fünf Minuten Fußweg erreichten sie den Ort und zu ihrem Glück gab es gleich am Ortsrand eine Bäckerei. Sascha bestellte zwei Tassen Kaffee und für sich eine Butterbrezel. Sie stellten sich an den einzigen Stehtisch in der winzigen Dorfbäckerei.

„Haben Sie schon das Neuste gehört?", plauderte die Bäckereiverkäuferin los und konnte es augenscheinlich kaum erwarten, ihr Wissen kundzutun.

„Nein, wieso? Was ist denn das Neuste?", fragte Klaus, mäßig interessiert, den neusten Dorftratsch zu erfahren, während Sascha genüsslich an seiner Brezel kaute.

„Hinten im Tal haben sie ein totes Mädchen gefunden", redete die Dame hinter der Theke munter los. „Und Eddy sagt, dass es eine Vergewaltigung gewesen sein muss. Das arme Ding war völlig nackt!"

„Und wer ist Eddy?", wollte Klaus wissen, der nun hellhörig geworden war. Auch Sascha hatte seine Brezel zu Seite gelegt und hörte zu.

„Unser Dorfpolizist natürlich! Eigentlich ist er nur der Helfer, aber wenn der alte Hintermann in Rente geht, dann übernimmt Eddy seinen Job. Sie müssen wissen, dass ich mit Eddy zur Schule gegangen bin. Er war immer der Dümmste in unserer Klasse, da blieb ihm nichts anderes übrig als zur Polizei zu gehen."

Sascha, der gerade einen großen Schluck heißen Kaffee im Mund hatte, prustete diesen über den Tisch auf Klaus' Hemd.

„Danke, Sascha, brauchst du noch meine Unterhose oder meine Socken, vielleicht willst du da auch noch Kaffee drübergießen?"

Klaus fand das nun überhaupt nicht lustig, konnte aber von Sascha keine Antwort erwarten, weil der vor Lachen nur noch Japsgeräusche hervorbrachte. Als er sich halbwegs wieder unter Kontrolle hatte, stieß er heraus:

„Hey Alter, tut mir leid!"

Schon ertönte die eindringliche Stimme der Verkäuferin erneut: „Ja, so wie Sie sich anstellen, könnte man fast vermuten, dass Sie auch Polizisten sind!"

Klaus sah, wie Saschas Halsschlagader gefährlich anschwoll, und wusste aus langer Erfahrung, dass der Vulkan jetzt kurz vor dem Ausbruch stand.

„Komm, Sascha, wir haben heute noch eine Menge zu tun, gehen wir! Auf Wiedersehen!"

Dann begann er, Sascha langsam in Richtung Ausgang zu lotsen. Als Klaus die Tür öffnete, stand ihnen ein großer, vertrottelt wirkender Polizist im Weg, der gerade die Bäckerei betreten wollte. Schon im Reingehen verkündete er lautstark:

„Erna, du wirst es nicht glauben! Da sind schon wieder ein paar Trottel aus der Stadt in unsere Schranke gerast."

Sascha sah sich den Dorfpolizisten von oben bis unten an und fragte: „Du bist Eddy?"

„Ja, aber ..."

Weiter kam er nicht, da ihn schon eine harte Rechte genau am Kinn getroffen hatte. Ihm sackten die Beine unter dem bulligen Körper weg und er schlug hart auf den gefliesten Boden des Verkaufsraums auf. Die Verkäuferin schrie schrill auf. Mit hasserfülltem Blick fixierte Sascha sein Opfer.

„Arschloch!"

„Wer, äh, wer sind Sie?", stammelte der völlig verängstigte Eddy und fummelte dabei an seinem Schulterholster, um seine Dienstwaffe zu ziehen. Sascha kam ihm zuvor, lud seine Waffe durch und hielt sie Eddy direkt zwischen die Augen.

„Du Arschloch willst eine Waffe auf mich richten? Ich hab dich Arsch schneller ins Jenseits befördert, als du ‚Es war ein Scherz!' sagen kannst! Du willst wissen, wer wir sind? Wir sind die echten Bullen, du Witzfigur! So, und jetzt geh' zurück in deinen Sandkasten spielen! Noch etwas: Wenn du noch mal

Informationen rausposaunst, die keinen was angehen, dann wirst du mich wirklich sauer erleben!"

Und während er den Lauf mehrmals leicht gegen Eddys Stirn stieß, fragte Sascha noch einmal eindringlich: „Hast du mich verstanden, Schwachkopf?"

Eddy bekam keinen Ton heraus.

„Komm, lass ihn!" Klaus zeigte auf die Uniformhose, die sich dunkel färbte. „Der macht sich schon in die Hose."

Sascha sicherte seine Waffe und steckte sie zurück ins Holster. Lachend verließen sie die Bäckerei. Als sie an ihrem Dienstwagen vorbeikamen, bemerkten sie, dass ihr kleines Missgeschick mit der Schranke anscheinend das Großereignis des Jahres war. Fast zwanzig Schaulustige hatten sich am Unfallort versammelt, bestaunten den Wagen und unterhielten sich darüber, was der wohl gekostet hatte. Klaus, der ahnte, dass ein Zusammentreffen mit den Schaulustigen kein gutes Ende nehmen würde, gelang es, Sascha geschickt auf der anderen Seite des Tals an den Gaffern vorbeizumogeln.

Mit zunehmender Gehzeit sank die Stimmung merkbar. Klaus, der längere Fußmärsche nicht gewohnt war, fiel es immer schwerer, mit seinem zehn Jahre jüngeren Kollegen Schritt zu halten. Nach gerade einmal einem Kilometer machten sie an einer malerisch gelegenen Bank mit Blick auf einen kleinen See eine Pause. Klaus hatte einen hochroten Kopf und war dem Zusammenbruch nahe. Sascha, der etwas besser in Form war, zündete sich gleich eine Zigarette an und begann zu lästern:

„Wenn wir so weitergehen, dann haben wir einen zweiten Toten am Tatort."

„Wieso, wen denn?", fragte Klaus völlig außer Atem.

„Karl Bergmann, der ist bis dahin an Altersschwäche gestorben."

„Haha! Hättest du unseren Dienstwagen nicht zur Dorfattraktion gemacht, wären wir schon längst da!"

„Scheiße, da sagt du was!"

Sascha fiel plötzlich ein, dass sie Schmidt noch gar nicht informiert hatten, und sie brauchten ja dringend einen neuen Dienstwagen. Er kramte sein Handy aus der Tasche und wählte die Nummer ihres Chefs.

„Schmidt!"

„Weber. Moin, Chef."

„Weber, wo stecken Sie? Bergmann hat schon dreimal angerufen und gefragt, wo Sie bleiben."

„Immer mit der Ruhe. Wir hätten da ein kleines Problem."

„Oh nein, Weber, was haben Sie nun schon wieder verbockt? Kann man Sie nicht fünf Minuten alleine lassen?"

„Nein, Herr Schmidt, das verstehen Sie völlig falsch, es liegt nicht an uns. Wir haben nur ein winziges Problem mit dem Wagen, fast nicht der Rede wert."

„Was für ein Problem kann man mit einem nagelneuen BMW haben?"

„Na ja, er hat einen kleinen Kratzer an der Motorhaube.",Was?"

Klaus, der sich das ganze Theater lange genug angehört hatte, riss nun der Geduldsfaden. Er nahm Sascha das Telefon aus der Hand und sprach:

„Der BMW ist einen Meter kürzer, der Schranke ist nichts passiert. Wir haben noch ungefähr zwei Kilometer zu laufen und sind also in zwei Stunden da. Finden Sie sich damit ab. Tschau!" Er beendete das Gespräch mit einem Druck auf die rote Taste.

Klaus hatte das Telefon noch nicht zurückgegeben, als es schon wieder klingelte. Er blickte aufs Display. Es war Schmidts Nummer.

„Der Typ nervt", mit diesen Worten flog das Handy im hohen Bogen in den See.

„Spinnst du?", protestierte Sascha, „das Handy war neu und schweineteuer."

„Das war unser BWM auch und da hattest du keine Skrupel, ihn zu schrotten", konterte Klaus trocken und erhob sich von der Bank. „Lass uns weitergehen!"

Mit einem letzten sehnsüchtigen Blick auf sein Telefon, das nun am Grund des Sees glitzerte, folgte Sascha seinem Kollegen.

„Weiß wirklich nicht, warum ich dir für die Aktion nicht die Nase breche!"

„Wahrscheinlich, weil du beim letzten Versuch schon den Kürzeren gezogen hast." Vor Klaus' innerem Auge spielte sich noch einmal die Szene ab, wie er Sascha zweimal in einer Minute zu Boden geschickt hatte.

Nach zwei weiteren Pausen und fast einer Stunde Wanderung sahen sie drei am Wegrand geparkte Polizeiwagen vor sich. Aus dem Unterholz neben dem Weg krabbelte ein kleiner hagerer Beamter mit kurzen grauen Haaren hervor. Sie kannten ihn, es war Karl Bergmann.

„Seid ihr von Mannheim hergelaufen?" Er kam auf sie zu und streckte ihnen die Hand zum Gruß entgegen. „Schmidt hat gesagt, ihr hättet Probleme mit dem Wagen?"

„Nein, Sascha hatte Probleme mit dem Fahren", antwortete Klaus lachend.

„Kein Problem, den lassen wir zu unserer Werkstatt abschleppen und in einer Woche ist er wieder so gut wie neu. Ihr könnt solange einen Wagen von uns haben."

„Danke! Auf Wandern hab ich keinen Bock mehr", gab Sascha kleinlaut zu.

„Worum geht es hier?"

„Zwei Herren haben gestern Morgen um vier Uhr in dem Sumpf die Leiche einer jungen Frau gefunden", berichtete Karl Bergmann. „Sie haben uns dann so gegen halb fünf darüber informiert."

„Sind die zwei verdächtig und was machten sie mitten in der Nacht hier?", wollte Sascha wissen.

„Verdächtig? Wohl kaum. Laut Leichenbeschauer liegt die Leiche hier schon sehr lange. Zehn, fünfzehn Jahre, vielleicht noch länger. Genaueres kann er erst nach der Obduktion sagen. Nun, die zwei Herrschaften sind uns zwar bekannt, aber harmlos. Schatzsucher, bisher sind sie uns nur aufgefallen, weil sie Fundsachen aus dem zweiten Weltkrieg im Internet versteigert haben. Wahrscheinlich haben sie auch hier danach gesucht, Orden, Abzeichen, alles, was sich halt zu Geld machen lässt. Uns haben sie eine lächerliche Geschichte erzählt. Sie seien auf der Suche nach einem Schatz, den ein Feldherr im Dreißigjährigen Krieg auf der Flucht hier vergraben haben soll. Blödsinn, wenn ihr mich fragt."

„Weiß man schon, wer die Tote ist?"

„Offiziell nicht. Wir werden wohl auf den Bericht warten müssen."

„Offiziell nicht?", fragte Sascha.

„Dazu kommen wir später. Habt ihr auch so einen Hunger wie ich? Schlage vor, dass wir erst mal essen gehen. Dann besorgen wir euch einen neuen Wagen und sehen weiter. Die Jungs von der Spurensicherung kommen hier schon alleine klar."

Zusammen stiegen sie in Karls BMW und fuhren zu einem nahe gelegenen Speiselokal.

IV

„Ist ein Geheimtipp vom Dorfsheriff!", verkündete Karl, als sie das gemütlich eingerichtete Lokal betraten: „Es soll hier die größten Schnitzel der gesamten Pfalz geben."

An den Wänden hingen Hirschgeweihe, an einer Wand stand eine sehr alt wirkende Standuhr und das ganze Ambiente erinnerte die drei Beamten sehr an das vorige Jahrhundert. Sie setzten sich an einen stilvoll eingedeckten Tisch, der am weitesten entfernt von den einzigen anderen Gästen stand, einem älteren Paar, das sein Mittagessen zu sich nahm und keinen Blick an sie verschwendet hatte, als sie eingetreten waren. Sie hatten sich gerade niedergelassen, da kam schon eine mollige Dame im Trachtenkleid an ihren Tisch und brachte drei Speisekarten.

„Grüß Gott, die Herren. Kann ich Ihnen schon was zu trinken bringen?"

Karl antwortete: „Ja, bringen Sie uns bitte drei Halbe." Und nach einem prüfenden Blick auf seine Mitarbeiter fuhr er fort: „Wir haben gehört, dass Sie richtig gute Schnitzel haben sollen, davon nehmen wir dann auch drei."

„Danke." Die Bedienung steckte ihren Block wieder weg und kam kurze Zeit später mit drei Halben Export zurück, die sie mit einem „Zum Wohl!" vor die durstigen Beamten stellte.

Karl nahm einen tiefen Schluck aus seinem Krug und wandte sich dann wieder seinen Mitarbeitern zu: „Wie ihr euch bestimmt denken könnt, habe ich meine Gründe dafür, euch den Fall zu geben."

Verdutzt sahen Sascha und Klaus erst einander und dann ihren Vorgesetzen an. Karl öffnete seinen Aktenkoffer und holte die Original-Akte des Falles, den er vor zwanzig Jahren nicht hatte lösen können, heraus. Er gab sie Sascha:

„Lies das und es wird klarer."

Während Sascha die Akte las, schüttelte er immer wieder den Kopf, und auch Klaus, der seinem Kollegen über die Schulter sah, machte den Eindruck, als könne er nicht glauben, was er gerade las. Nach einer Viertelstunde servierte die Kellnerin für jeden ein tellergroßes Schnitzel, dazu stellte sie in die Mitte des Tischs eine riesige Platte mit Spätzle und eine mit Pommes. Der Einzige, der sich dafür zu interessieren schien, war Karl, während die beiden anderen wie gebannt weiterlasen.

„Hey, Männer, ich unterbreche euch ja ungern, wenn ihr schon mal arbeitet", bemerkte Karl, als er mit der Hälfte seines Schnitzels fertig war, „nur der Bericht wird nicht kalt, das unterscheidet ihn von eurem Essen! Macht später weiter, esst erst mal."

Erst jetzt bemerkten beide den reichlich gedeckten Tisch.

Als sie gegessen hatten, bot die Bedienung ihnen an, noch Nachschlag zu bringen, was sie dankend ablehnten. Klaus musste sogar den Knopf seiner Jeans öffnen. Bei einer weiteren kühlen Halben lasen sie den Bericht zu Ende.

„Was waren das für zwei Pfeifen, die ihr da losgeschickt habt. Lassen sich von ein paar Bauern aus dem Dorf jagen!", protestierte Sascha. „Hätten die das mit mir probiert, wäre der örtliche Sargbauer jetzt ein gemachter Mann."

„Ich sehe, du hast verstanden, weswegen ich euch brauche", bemerkte Karl erleichtert. „Ich kann da nicht mit einer Hundertschaft einfallen und so ein Debakel darf sich nicht wiederholen! Geht dort hin, macht, was ihr wollt, prügelt, wenn es sein muss, die Wahrheit aus ihnen heraus. Meine volle Rückendeckung habt ihr."

„Aber warum bist du dir so sicher, dass es sich bei der Toten um eines dieser beiden Mädchen handelt, die Vermisstenanzeige wurde doch zurückgezogen", wollte Sascha wissen. Ihr Vorgesetzter schaute an die Decke, versuchte mehrfach, einen Satz zu beginnen, brach aber immer wieder ab und sprach dann mit ungewohnt dünner Stimme:

„Ich kenne das Opfer, ich habe sie gestern sofort wiedererkannt!"

„Du kennst sie?", fuhr ihm Sascha ins Wort.

„Nein, nicht persönlich, aber …" Karl machte eine Pause, als sei er nicht sicher, ob er weiterreden wollte. „Ich war einer der zwei Beamten, die damals mit dem Fall betraut waren."

Peinliches Schweigen folgte, keiner wusste, was er sagen sollte. Nach einer Zeit, die Karl wie eine Ewigkeit vorkam, ergriff Sascha wieder das Wort:

„Aber was macht dich so sicher, dass jemand aus dem Dorf was mit dem Tod des Mädchens zu tun hat? Vielleicht sind sie getrampt und dabei an den Falschen geraten."

„Ihr wart damals nicht in diesem Ort, ihr habt noch nie eine solche Ablehnung, nein, einen solchen Hass erlebt wie wir!", versuchte Karl zu erklären. „Der Fall hat mich nie losgelassen, ich stehe heute noch mit einem damals Beteiligten in Kontakt, aber macht euch selbst ein Bild. Geht völlig unbefangen an diesen Fall heran und wenn ihr irgendetwas braucht, wendet euch an mich. Übrigens, den Bericht und den zensierten Müll, den mein damaliger Vorgesetzter verzapft hat, schicke ich euch per Mail. Klaus, dein Handy hat doch Internet?"

Klaus nickte zustimmend.

Karl ließ die Rechnung kommen und trotz wilder Proteste von Klaus und Sascha ließ er es sich nicht nehmen, sie zu begleichen. Gut gestärkt vom üppigen Mittagessen fuhren sie mit Karl Bergmann nach Bad Dürkheim, ihren neuen Dienstwagen abzuholen. Er setzte sie vor einem Parkplatz der Polizei ab:

„Das Kennzeichen ist MZ 4711, der Schüssel steckt."

Sie verabschiedeten sich und Karl Bergmann fuhr mit seinem Wagen davon. Sascha öffnete das große Gittertor und betrat zusammen mit Klaus den Parkplatz. Was er dort sah, ließ sein Herz höherschlagen: Sechs Porsche standen da wie an einer Perlenschnur aufgereiht. Sascha rannte zu ihnen und checkte die Kennzeichen. Klaus sah sich weiter um und ging dann zielsicher ans andere Ende des Parkplatzes.

„Das ist ja besser als Weihnachten!", hörte er Sascha sich freuen, „der Erste ist es nicht und der ..."

Klaus hörte seinem Kollegen gar nicht mehr zu. Er stand vor einem zwanzig Jahre alten VW-Bus; das vor Dreck kam noch lesbare Nummernschild lautete MZ 4711. Er sah zu Sascha, der sich gerade zum vierten Porsche aufmachte.

„Ist das spannend!", hörte er ihn.

„Du, Sascha!"

Doch der achtete gar nicht auf ihn und eilte zum fünften Auto.

„Ich wusste es doch, der Schwarze ist unserer!"

Bewundernd stand er nun vor dem letzten noch verbleibenden Sportwagen, zielsicher ging er zur Fahrertür und zog an ihr:

„Die klemmt." Er zog fester: „Die klemmt wirklich."

„Sascha!" Klaus rief jetzt lauter. „Du hast heute schon ein Auto geliefert, lass das wenigstens ganz."

„Aber das ist unser Auto."

„Mach dich nicht lächerlich, so bekloppt, dir einen Porsche zu geben, ist nicht einmal ein Pfälzer."

Klaus zeigte auf den Schrotthaufen, der vor ihm stand:

„Das ist ein Auto, das deinen Fahrkünsten gerecht wird."

Er riss an der Fahrertür, die sich knarrend und quietschend öffnete: „Komm und bewundere deinen neuen Dienstwagen."

Sascha starrte ungläubig auf den von Rost zerfressenen Kleinbus: „Das Ding fahre ich nicht."

„O. k., du kannst auch laufen", gab Klaus amüsiert zurück. „Aber schau, da hat jemand eine U-Schiene als Stoßstange angeschweißt. Das Auto ist wie für dich gemacht."

„Halt die Fresse und steig ein."

Sascha wollte zwar diesen Schrotthaufen immer noch nicht fahren, nur hatte Klaus recht: Laufen war noch viel indiskutabler.

„Überhaupt müssen wir uns beeilen, wir müssen in die Gerichtsmedizin."

Sascha versuchte, zu starten – nach fünf Versuchen ratterte der Motor los und stieß eine dichte Rußwolke aus; knatternd bewegte sich der Kleinbus vom Parkplatz. Schon bei 50 km/h erreichte der VW den Lärmpegel eines Jumbojets, zumindest erschien es Sascha so, auch schauten sich alle Passanten um, was da so stinkend und lärmend an ihnen vorbeifuhr. Klaus genoss es, zu sehen, wie es Sascha sichtbar peinlich war, damit auf einer öffentlichen Straße zu fahren, und hätte ihm gerne ein paar passende Sprüche dazu gedrückt. Nur war an ein Gespräch bei dem Lärm nicht zu denken. Klaus spürte nur die Vibration seines Handys, hören konnte er es nicht. Er tippte Sascha an und bedeutete ihm mit Handzeichen, er solle stehen bleiben. Auch im Stand war an eine normale Kommunikation nicht zu denken. Klaus stieg aus, entfernte sich ein paar Schritte und nahm das Gespräch an.

„Steger."

„Bergmann, wie gefällt Sascha sein neuer Dienstwagen? Kleiner Scherz! Es ist jetzt offiziell der Fall Jessica Tiefenbach. Ich maile dir jetzt die zwei Akten. Hast du die Möglichkeit, sie auszudrucken?"

„Ja, klar! Hab alles in meinem Aktenkoffer dabei."

„Dann schicke ich dir die Unterlagen zu!"

„Gut, vielleicht sollten wir das Gelände um den Fundort unter die Lupe nehmen."

„Wieso das?"

„In deiner Akte stand, sie wären zu zweit ausgerissen. Wo ist ihre Freundin? Zumindest ihr wäre aufgefallen, dass unser Opfer verschwunden war. Und wo ist die Kleidung?"

„Du hast recht, ich leite das in die Wege, wir werden mal alles im Umkreis von 300 Metern umgraben, vielleicht wissen wir dann mehr. Melde mich dann wieder."

„Ja, bis dann."

Klaus steckte sein Handy wieder ein und stieg zurück in den Kleinbus.

„Karl hat uns die Akten geschickt", brüllte er Sascha zu. Der nickte und gab wieder Gas. Nach wenigen Metern setzte er den Blinker und bog nach links. Bevor Klaus sich irgendwie erkundigen konnte, was sein Kollege vorhatte, sah er schon das Werbeschild einer Autovermietung. Sascha parkte das Fahrzeug auf dem Kundenparkplatz, stieg aus und knallte mit voller Wucht die Tür zu.

„Du wartest hier, bin gleich wieder da."

Und schon war er in der Autovermietung verschwunden. Klaus döste schon vor sich hin, als er zwanzig Minuten später von einem Hupen geweckt wurde. Er schaute aus dem Fenster und sah auf der anderen Straßenseite Sascha, der breit grinsend in einem Porsche-Geländewagen saß und ihn zu sich winkte. Auch wenn er es bestimmt nicht zugeben würde, war Klaus für einen Fahrzeugwechsel dankbar. Als er zu Sascha in den Porsche stieg, sich in den bequemen Ledersitz fallen ließ und dann nicht einmal den laufenden Motor hörte, war er begeistert.

„Das ist ein Auto!", erklärte ihm Sascha und gab Gas. Wenig später hielten sie auf dem Parkplatz vor der Gerichtsmedizin.

Der zuständige Mediziner wartete schon auf sie.

„Sie kommen spät!"

„Ja, wir hatten Probleme mit dem Wagen", erklärte Sascha. Das breite Grinsen auf dem Gesicht seines Gegenübers ließ Sascha vermuten, dass dieser genau wusste, welcher Art die Probleme waren.

„O. k., das Opfer ist weiblich, sechzehn bis zwanzig Jahre alt. Sie wurde erstochen, drei Stiche in den Rücken. Es gibt keine Faserspuren in den Wunden, also war sie wahrscheinlich zum Zeitpunkt des Mordes unbekleidet. Zwei der Stiche verursachten tödliche Verletzungen, also ist anzunehmen, dass sie sofort tot war. Keine Anzeichen für Kampf, Gegenwehr. Ich vermute, dass sie im Schlaf oder zumindest liegend getötet wurde, der Fundort ist folglich nicht der Tatort. Ja, und das Opfer war schwanger, Ende dritter, Anfang vierter Monat. Noch Fragen? Hab es nämlich eilig."

„Nein," antwortete Sascha verdutzt, der von dem Tempo, das der Arzt vorlegte, überrumpelt worden war.

„Gut, hier ist mein Bericht, wenn Sie noch Fragen haben – Sie wissen, wo Sie mich finden."

Sascha hätte zwar gern noch etwas gesagt, aber da war der Doktor schon durch die nächste Tür verschwunden. Verdattert gingen die beiden Beamten zum Auto.

„Ruf Bergmann an, wir brauchen unsere Sachen, Silke kann meinen Koffer packen und bei dir ist ja auch jemand zu Hause."

„Du lieber Gott, bist du immer noch sauer, weil sie dir einen Strafzettel gegeben hat? Sie heißt Claudia – aber sie arbeitet."

„Silke arbeitet ja auch, notfalls bekommen wir unsere Sachen erst morgen."

„Warum die Eile, das Mädchen ist seit neunzehn Jahren tot."

„Verstehst du nicht, der Mörder fühlt sich in Sicherheit. Die Chance, jetzt noch was zu finden, ist gering. Was meinst du, was geschieht, wenn er erfährt, dass wir sein Opfer gefunden haben? Und geheim halten lässt sich das auf Dauer nicht, immerhin graben wir gerade mit Baggern seinen Tatort um, es geht um jede Sekunde."

Klaus nickte, er hatte verstanden: „Wie willst du vorgehen?"

„Wir sagen nichts von Mord, wir wollen einfach einen Vermisstenfall noch mal aufrollen."

Klaus nahm sein Telefon und erklärte Karl Bergmann ihren Plan. Der versprach, ihnen ihre Koffer zukommen zu lassen, sobald ihre Lebensgefährtinnen diese gebracht hätten. Sascha hatte inzwischen den Motor gestartet und wartete.

„Wir haben Probleme am Tatort!", erklärte Klaus, als er endlich eingestiegen war.

„Was für Probleme?" wollte Sascha wissen.

„Der Fundort ist ein Naturschutzgebiet."

„Es geht um Ermittlungen in einem Mordfall, da können die nichts tun", antwortete Sascha, als wäre das Thema für ihn damit erledigt.

„Erkläre das den Demonstranten, die sitzen auf dem Weg und die Bagger kommen nicht durch", gab Klaus triumphierend zurück; er liebte es, mehr zu wissen als sein jüngerer Kollege.

„Muss ich mich hier um alles selber kümmern? Also fahren wir hin und klären das!"

Klaus hatte befürchtet, dass Sascha das sagen würde, und er konnte sich bildhaft vorstellen, wie das ausgehen würde.

Kaum eine halbe Stunde später bogen sie mit dem Porsche in den kleinen Waldweg ab, der ins Tal führte. Die Schranke war diesmal geöffnet und der Boden des Wegs umgewühlt von den großen Reifen der Baumaschinen, die Bergmann zum Fundort geschickt hatte. Kurz nach dem kleinen See, an dem sie am Vormittag Rast gemacht hatten, trafen sie auf die hinterste der Baumaschinen. Sascha parkte und stieg aus, um zielsicher an den Baumaschinen vorbei zur Sitzblockade vorzudringen. Es waren circa zwanzig Demonstranten, die da mit selbst gemalten Plakaten saßen. Er stellte sich direkt vor sie:

„Sie behindern hier eine polizeiliche Ermittlung …"

Weiter kam er nicht, weil seine Stimme in dem ohrenbetäubenden Lärm der Trillerpfeifen ertrank. Sascha kramte in den Taschen seiner Jacke und zauberte zum Entsetzen aller eine Handgranate hervor. Das Pfeifen hörte sofort auf; fassungslos starrte jeder auf Sascha, der nun den Stift herauszog und die Handgranate in die Mitte der Demonstranten warf. In Panik rannten diese weg, sprangen hinter Bäume.

„Los jetzt!", rief Sascha dem ersten Baggerfahrer zu und die Baumaschinen fuhren über die liegen gebliebenen Plakate der Umweltschützer hinweg zu ihrem Einsatzort. Sascha hob seine Handgranatenattrappe wieder auf.

„Vielleicht braucht man sie ja noch mal", mit diesen Worten verschwand sie wieder in seiner Jacke. Er ging zurück zu seinem Wagen, in dem Klaus wartete.

„So, und jetzt kümmern wir uns um die Verdächtigen."

Sascha wendete und sie machten sich auf den Weg nach Altleiningen. Der Ort war fast noch so, wie er in Bergmanns Bericht beschrieben war. Das Dorf lag, eingerahmt von drei Bergen, am Ende eines Tals, der Wald reichte bis an den Ortsrand, wo einige neue Einfamilienhäuser standen. Die Kirche, die erhöht scheinbar über dem ganzen Dorf stand, und der riesige Bauernhof mit zwei Gutshäusern auf halber Höhe des Berges hinter dem Dorf sahen genau so aus, wie sie Karl beschrieben hatte. Die Straße in den Ort war eine Sackgasse und irgendwie schien es, als wäre die Zivilisation bis hierher immer noch nicht vorgedrungen. Sascha lenkte seinen Wagen durch die menschenleere Hauptstraße. Es gab kleinere Geschäfte, eine Metzgerei, einen sehr kleinen

Lebensmittelladen. Im Ortszentrum lag ein großer Platz, in dessen Mitte ein kleiner Brunnen stand. Auf der Nordseite des Platzes stand die für den Ort viel zu große Kirche, ein schmuckloser Sandsteinbau, dessen riesiges Eichenportal zum Platz zeigte. Gegenüber befand sich ein großes dreistöckiges Gebäude, ein schlichtes Haus, das von außen heruntergekommen und marode aussah. Auffällig war der riesige Balkon, darunter waren eine große Glastür und die Aufschrift „Rathaus". Sie parkten vor der Schule.

„Wenn jemand Akten hat, dann hier in der Schule", vermutete Sascha. Die Schule hatte nur einen Klassenraum, es saßen fünf Erwachsene an den alten Schulpulten, eine sehr alte Dame leitete den Unterricht. Sascha trat zu ihr an das Lehrerpult und zeigte seine Dienstmarke.

„Ich bin Hauptkommissar Weber, das ist mein Kollege Steger, haben Sie einen Moment Zeit für uns?"

„Ja, kommen Sie mit."

Die Lehrerin ging vor ihnen aus dem Klassenzimmer. Draußen zeigte sie auf die gegenüberliegende Tür:

„Gehen wir ins Sekretariat."

Sie öffnete die Tür in einen kleinen Raum, in dem ein Schreibtisch, ein paar Stühle und Unmengen von Kartons, gefüllt mit Aktenordnern, standen.

„Herr Weber, womit kann ich Ihnen helfen."

„Ist das die Schule dieses Ortes und besuchen alle Kinder des Ortes diese Schule?"

„Nein, schon lange nicht mehr. Es ist nicht mehr zeitgemäß, alle Altersstufen in einer Klasse zu unterrichten. Heute fahren sie mit einem Schulbus in die Stadt, ich unterrichte nur noch Abendschulkurse."

„Sie sagten heute? Früher war es schon so? Sagen wir mal, bis in die 80er?"

„Ja, ich habe bis 1992 hier unterrichtet."

„Gut!" Sascha schöpfte wieder Hoffnung. „Wir rollen alte Fälle, die nie geklärt wurden, neu auf. Uns geht es um das Jahr 1988. Jessica Tiefenbach, Maren Hoffmann – sagen Ihnen die Namen was?"

„Die sagen hier jedem was. Jessica war meine Schülerin. Maren war Jessicas beste Freundin, sie war nie in der Schule. Sie ist irgendwann 1984/1985 in unseren Ort gekommen, keiner weiß, wo sie herkam. Sie konnte weder lesen noch schreiben. Bauer Steiner hat sie dann aufgenommen, sie war bei ihm so einen Art Magd oder Helferin."

„Herr Tiefenbach hat damals die Vermisstenanzeige aufgegeben. Können Sie uns sagen, wo er heute lebt?"

„Hinter der Kirche, Herr Tiefenbach ist 1999 gestorben."

„Kennen Sie Angehörige von ihr?"

„Nein, die Mutter ist bei der Geburt gestorben, Geschwister hatte sie keine."

„Einen Freund? Kann es sein, dass sie schwanger war?"

„Schwanger? Nein, ganz unmöglich. Freund? Ich hatte beim letzten Kassenausflug das Gefühl, dass sie und Marco Merkel … Nein, Freund, auch nein."

„Wieso nein? Und wann war dieser Klassenausflug?"

„Der war … lassen Sie mich nachsehen."

Sie bückte sich und holte einen Ordner mit der Aufschrift 1988 heraus: „Der war am 15 Mai."

„Verschwunden ist sie am 20. September."

„Vierter Monat, das passt!", fiel Klaus seinem Kollegen ins Wort.

„Ruhe!", ermahnte ihn Sascha und fuhr dann mit seinem Verhör fort:

„Was war mit Marco Merkel?"

„Er ist der Sohn unseres Bürgermeisters Gottfried Merkel. Beim Klassenausflug waren die zwei unzertrennlich."

„Das wissen sie heute noch?"

„Ja und nein. Jetzt, wo ich die Unterlagen in Händen halte, klar … Sehen Sie hier, ein Brief von Herrn Merkel, hier schreibt er, er würde es auf keinen Fall dulden, dass sein Sohn mit so einer … Aber lesen Sie selbst."

Sie streckte Sascha den Brief hin. Der las kopfschüttelnd und grummelte mehr zu sich selbst:

„Was ist denn das für ein Arsch?"

„Sie müssen das verstehen, das waren andere Zeiten!", versuchte die Lehrerin zu erklären, die zu Saschas Überraschung sein Gebrabbel verstanden hatte.

„Jessicas Vater war ein Tagelöhner und er war Bürgermeister und, wie man so hörte, war er pleite, er brauchte eine reiche Schwiegertochter."

„Was meinen Sie?"

„Nun, kurz danach hat Marco Manuela geheiratet, die Tochter von Walter Steiner. Auffällig war, dass der eine Baugenehmigung brauchte. Nach der Hochzeit baute er sein neues Gutshaus und Bürgermeister Merkel hatte keine Finanzprobleme mehr."

„Sie meinen Bestechung?"

„Nicht, wenn Bauer Steiner nur seinem Schwiegersohn finanziell unter die Arme gegriffen hat."

„Das stinkt hier alles zum Himmel. Wo ist dieser Marco heute? Ich glaube, wir haben ein paar Fragen an ihn."

Die Lehrerin blätterte im Ordner und zauberte ein Schwarz-Weiß-Foto hervor.

„Marco lebt noch mit Manuela im Gutshaus, er ist aber die Woche über in Mainz und kommt nur an den Wochenenden nach Hause!"

„Warum das?"

„Er ist in die Fußstapfen seines Vaters getreten, er sitzt im Landtag." Sie streckte Sascha das Foto hin: „Vielleicht hilft Ihnen das."

Sascha schaute sich das Foto genau an, es waren zwölf Kinder unterschiedlichen Alters darauf zu sehen. An der rechten Seite standen fünf Ältere, darunter ein sehr hübsches blondes Mädchen. Es sah so aus, als würde sie sich an den stattlichen Jungen neben sich lehnen.

„Die zwei ganz rechts." Die Lehrerin zeigte bei den Worten auf die beiden Jugendlichen, die auch Sascha gerade im Auge hatte. „Das waren Jessica und Marco. Der kleine Stämmige daneben ist Markus, der hat den Lebensmittelladen seiner Eltern übernommen."

Sie zeigte auf ein kleines zierliches Mädchen mit schwarzen Haaren, das sie zu Zöpfen geflochten hatte:

„Das ist seine Frau, sie haben vor zehn Jahren geheiratet. So, der Junge neben Markus war Jens, er ist tot, Motorradunfall. Ist auch zwölf Jahre her. Und das", die Lehrerin zeigte auf ein übergewichtiges und offenbar schlecht gelauntes Mädchen mit Brille, „das ist Manuela."

„Bäh, was ist das denn für ein Trampeltier?"

„Nun, das Foto ist bei besagtem Kassenausflug entstanden."

„Können wir das Foto und den Brief behalten? Wir bringen es zurück, wenn wir fertig sind."

„Kein Problem, das hier interessiert niemanden mehr."

„Noch eines, hat hiermit nichts zu tun: Wo kann man hier übernachten?"

„Neben der Kirche ist eine kleine Pension, fragen Sie mal da. Michaela hat immer Zimmer frei, hierher kommt sonst niemand."

Die beiden Beamten verabschiedeten sich und gingen zu ihrem Wagen. Es war inzwischen dunkel geworden und so beschlossen sie, sich erst einmal um eine Bleibe für die Nacht zu kümmern. Die Lehrerin hatte recht, es war kein Problem. Sie nahmen ein Doppelzimmer und gleich nach dem Abendbrot fiel Sascha völlig erschöpft in sein Bett. Klaus, der am Morgen ausgeschlafen hatte, war noch fit und setzte sich vor dem Zimmer in eine Couchecke, um die Fakten etwas zu ordnen. Er blieb nicht lange allein, die Hausherrin gesellte sich zu ihm.

„Sie sind hier wegen Jessica, stimmt das?"

„Ja, aber woher wissen Sie das?"

„Altleiningen ist ein kleines Kaff, da spricht sich so was schnell rum." Und mit einem Augenzwingern fügte sie hinzu: „Hilde Knopf, die Lehrerin, ist, seit ich aus der Schule bin, eine echt gute Freundin von mir."

„Hier kennt wohl jeder jeden?"

„Ja, so ist das wohl auf dem Land. Aber warum kommt die Polizei nach neunzehn Jahren wieder? Damals hat es schon niemanden interessiert!"

„Was meinen Sie?"

„Sie haben damals zwei blutjunge Beamte geschickt, mit denen ist der ganze Ort Schlitten gefahren."

„Der ganze Ort? Was glauben Sie, ist mit den Mädchen passiert?"

„Sie müssen wissen, dass es hier nur drei Menschen gibt, die alles in den Händen halten: unser Pastor, der Bürgermeister und Bauer Steiner. Und wenn die nicht wollen, dass hier jemand ermittelt, dann ermittelt hier auch keiner."

„Pastor? Wen interessiert heute noch so jemand?"

„Hier jeden. Gustaf Ding ist hier Gott und wahrscheinlich der Einzige, der wirklich weiß, was aus den beiden Kindern geworden ist."

„Was meinen Sie?"

„Hier gibt es nur eines, wovor die Leute Angst haben: dass sie in die Hölle kommen. Polizei juckt hier keinen, aber beichten gehen, das muss jeder, zumindest diejenigen, die zum Ort gehören. Die paar Neuen vom Dorfrand, mit denen hat keiner was zu tun. Ich hoffe, Sie haben mehr Glück als Ihre Vorgänger."

Sie ging weiter, schloss eine Tür auf und verschwand durch diese.

Klaus nahm sich die Ermittlungsakten vor; er konnte immer noch nicht fassen, was er da las. Erschöpft begab auch er sich schließlich auf sein Zimmer.

V

Am nächsten Morgen war Sascha als Erster wach. Er bemühte sich, Klaus auf dem Weg zum Badezimmer nicht zu wecken. Sascha duschte lange und ausgiebig; er liebte es, sich vom warmen Wasser berieseln zu lassen. Er zog sich an und verließ leise das Zimmer. Vor dem Frühstücksraum rauchte er noch kurz eine Zigarette, da er wusste, dass er drin nicht rauchen durfte. Dann setzte er sich an den für ihn und Klaus reservierten Tisch und trank erst mal die Kaffeekanne leer. Kurz nachdem er die zweite Kanne bekommen hatte, gesellte sich Klaus schlaftrunken zu ihm. Er erzählte ihm, was er am Abend zuvor von der Hausherrin erzählt bekommen hatte.

„Die sind alle streng katholisch hier?", wollte Sascha wissen, als Klaus geendet hatte.

„Ja, aber das ist doch nebensächlich."

„Nein, wenn die hier so streng gläubig sind, dann weiß der Pastor hier alles."

„Toll, und er darf dir nichts davon sagen."

„Ja, aber seine Reaktion könnte uns was verraten. Noch wissen wir nicht mal, ob wir den Mörder hier suchen müssen oder ob sie von einem Unbekannten getötet wurde."

„Schaden kann es nicht. Wenn wir fertig sind, können wir ja zur Kirche gehen, es sind nur ein paar Meter die Straße rauf."

Kurz vor neun Uhr betraten die beiden die Kirche. Der Pastor war am Altar, sie gingen zu ihm.

„Guten Morgen."

„Guten Morgen, die Herren", begrüßte sie der Geistliche.

„Ja, wir sind von der Polizei, wir sind da wegen …"

Sascha wusste nicht so recht, wie er einen Pastor anlügen sollte und was er ihn eigentlich fragen wollte.

„Sind Sie schon lange hier tätig?"

„Ja. Wieso? Fast dreißig Jahre."

„Kannten Sie Jessica Tiefenbach?"

„Das ist schon Ewigkeiten her, aber ja, ich kannte sie, wie jeden, der in Altleiningen geboren wurde oder gewohnt hat."

„Wir wollten gern wissen, ob Sie etwas über ihr Verschwinden oder das ihrer Freundin erfahren haben."

„Sie wissen, dass ich Ihnen nichts darüber sagen dürfte, wenn ich etwas erfahren hätte."

„Warum, Pastor, hat nicht auch Ihr Gott das Morden verboten?"

„Wenn ein Schäfchen vom Weg abgekommen ist, darf ich es nicht den Wölfen opfern."

„Bitte?" Sascha verstand nichts.

„Ich sehe mich als Hirte, folgerichtig sind Sie die Wölfe. Aber Sie haben recht, auch der Herrgott verbietet das Töten, nur liegt es bei ihm, das zu bestrafen."

„Sie brauchen uns ja nicht zu sagen, was wer gebeichtet hat. Es reicht ein Hinweis, ob wir hier suchen müssen. Sie könnten doch ein Wort fallen lassen, wenn Ihnen eines Ihrer Schäfchen was gebeichtet hat."

„Sie meinen, ich könnte seit neunzehn Jahren wissen, dass Jessica erstochen und Maren erschlagen wurde? Nein, darüber weiß ich nichts."

„Das zweite Mädchen ist auch tot?"

„Ich sagte doch, ich darf Ihnen nichts sagen!"

„Trotzdem danke, Sie haben uns sehr geholfen."

Sie gingen in Richtung Ausgang und hatten schon fast das Hauptportal erreicht, da öffnete sich dieses und ein sehr alter Mann fuhr in einem Rollstuhl in die Kirche. Hinter sich hörten sie die Stimme des Geistlichen:

„Guten Morgen, Herr Steiner, Sie sind heute früh dran, die Messe beginnt doch erst um zehn."

Der alte Mann antwortete nicht; er sah Sascha und Klaus mit hasserfülltem Blick an. Sie gingen an ihm vorbei und verließen das Gotteshaus. Zurück im Hotel stellten sie erfreut fest, dass ein Bote von Karl Bergmann ihnen ihre Koffer gebracht hatte, zudem lag auf Saschas Koffer ein neues Handy. Sascha probierte es sofort aus und rief seine Lebensgefährtin an, um ihr zu erklären, dass er für ein paar Tage in Altleiningen sein würde, und um ihr seine neue Telefonnummer zu geben.

Wenig später saßen sie im einzigen Gasthof des Ortes; alle Augen in der Gaststätte waren auf sie gerichtet. Sascha fasste zusammen:

„Wie viele Verdächtige haben wir? Drei? Den unbekannten Freund und Vater des Kindes Marco Merkel, seinen Vater, der mit allen Mitteln versuchte, seinen Sohn mit der Tochter dieses Bauern Steiner zusammenzubringen, und natürlich den Walter Steiner selbst."

„Wie passt diese Maren dazu? Warum wurde sie getötet?"

„Vielleicht hat sie was gesehen. Unser Leichendoktor hat gesagt, dass die Tote zum Fundort gebracht wurde. Vielleicht wurde sie hier ermordet und Maren kam dazu."

„Ja, aber hätte der Mörder in diesem Fall nicht beide zusammen im Sumpf versenkt?"

„Nicht unbedingt, aber vielleicht wollte sie den Täter erpressen und wurde dabei ermordet."

„Mit Spekulationen kommen wir nicht weiter, wir sollten uns den Bürgermeister und diesen Bauern mal vornehmen."

„Gut, fangen wir mit dem Bürgermeister an."

Mit diesen Worten trank Sascha seine Kaffeetasse leer und winkte den Wirt zu sich, um zu bezahlen.

Der Bürgermeister Gottfried Merkel saß in seinem Büro im zweiten Stock des Rathauses. Sascha schätzte ihn auf Ende sechzig, ein hagerer Mann mit Halbglatze, dessen Anzug einen billigen Eindruck machte und dazu noch nicht mal richtig passte. Sein Zimmer war zweckdienlich, jedoch etwas altbacken eingerichtet. Sascha hatte sofort seine Antipathie für Gottfried Merkel entdeckt, als dieser ihm mit der Arroganz, die er sich in dreißig Dienstjahren als Bürgermeister angeeignet hatte, den Platz wies.

„So, die Herren, womit kann ich Ihnen helfen?"

„Du könntest dein dummes Grinsen aus dem Gesicht nehmen, sonst trete ich es dir raus", murmelte Sascha, zu Klaus gewandt.

„Bitte?"

„Nichts, ich musste meinen Kollegen nur noch auf etwas hinweisen", log Sascha. „Wie Ihnen zweifellos schon zu Ohren gekommen ist, untersuchen mein Kollege und ich den Vermisstenfall Jessica Tiefenbach und da sind wir auf Hinweise gestoßen, die auch in Ihre Richtung deuten könnten."

„Hat man vor der kleinen Schlampe nie seine Ruhe?" Der Bürgermeister wirkte aufgebracht.

„Sie haben wohl keine hohe Meinung von dem Mädchen?"

„Keine hohe Meinung ist bei Weitem untertrieben. Ich hab das kleine Luder genau durchschaut, sie hatte es nur auf unser Geld abgesehen und mein Sohn Marco ist ihr in die Falle gegangen."

„Nun, unseren Ermittlungen zufolge hatten Sie zu dieser Zeit doch gar kein Geld."

„Blödsinn! Wir hatten einen kleinen finanziellen Engpass, aber den haben wir schnell überbrückt."

„Ja, mit Schmiergeldern, das haben wir auch schon mitbekommen! Nur wenn Jessica nicht verschwunden wäre, hätte es nicht so toll ausgesehen mit Ihren Finanzen!"

„Sie kleiner dreckiger Schnüffler!" Gottfried Merkel hatte sich aus seinem Schreibtischstuhl erhoben und ging nun drohend auf Sascha zu. „Mein Sohn macht, was ich ihm sage! Jeder hier tut, was ich ihm sage!"

Der Bürgermeister war inzwischen um den Schreibtisch gekommen und baute sich vor Sascha auf. Sascha stand nun auch auf, sodass sie einander, Nase an Nase, in die hasserfüllten Augen sahen.

„Ja, jeder macht hier, was Sie wollen! Nur ein kleines Mädchen nicht. Und weil sie nicht tat, was Sie wollten, und weil es Ihr finanzieller Ruin gewesen wäre, deshalb haben Sie sie umgebracht."

„Umgebracht? Keine Ahnung, wer es war, aber dem gehört ein Orden."

Der Bürgermeister schlug unsanft auf dem Schreibtisch auf, seine Nase blutete. Sascha war verdutzt, er hatte doch gar nicht zugeschlagen. Im nächsten Moment sah er, dass Klaus den jetzt gar nicht mehr arrogant, sondern eher völlig verängstigt wirkenden Bürgermeister am Kragen zu sich heranzog.

„Das dürfen Sie nicht", stammelte der ältere Herr.

„Ach, sag nur. Hast du gehört, Sascha, wir dürfen das nicht. So, du Arschloch, was hast du mit der Kleinen gemacht?"

„Nichts, ich schwöre, ich hab ihr nichts getan. Ich wollte doch nur, dass sie meinen Sohn in Ruhe lässt."

„Weiter, ich höre?"

„Da hab ich ihr Geld gegeben, dass sie verschwindet. 15.000 Mark!"

Sascha packte Klaus an der Schulter: „Lass gut sein."

Dann wandte er sich dem Bürgermeister zu: „Und du bete, dass du uns nicht angelogen hast. Sonst kommen wir wieder!"

Klaus ließ sein Opfer los und der Bürgermeister knallte rücklings auf den Schreibtisch. Sascha und Klaus verließen das Rathaus.

„Was sollte das jetzt, Sascha? Waren wir uns nicht einig, dass wir hier nichts von einem Mord erwähnen?"

„Hast du die Zeitung auf seinem Schreibtisch gesehen? Hast du gelesen, welchen Artikel er aufgeschlagen hatte? Er wusste schon Bescheid."

„Scheiße!" Klaus war frustriert. „Bergmann wollte der Presse doch das Maul stopfen."

„Hat wohl nicht geklappt. Lass uns diesem Herrn Steiner mal auf den Zahn fühlen."

Nach nur fünf Autominuten parkten die Beamten vor dem riesigen Gutshof, neben dem Haupthaus standen noch drei weitere, kaum minder große Gebäude. Sie hatten kaum das gusseiserne Tor geöffnet, da kam ihnen der Hausherr im Rollstuhl entgegen. In der Hand hielt er eine Schrotflinte. Er lud durch und brüllte:

„Verlasst meinen Grund, ihr Scheißschnüffler!"

„Polizei, legen Sie die Waffe weg!"

Schon schlug mit lautem Mündungsknall das erste Schrotgeschoss nur wenige Meter neben den beiden Beamten ein. Sascha und Klaus zogen augenblicklich ihre Dienstwaffen; mit einer kurzen Handbewegung zeigte Sascha seinem Kollegen an, dass sie sich trennen mussten, dann warf er sich mit einem Hechtsprung hinter die Mülltonnen zu seiner Rechten. Klaus tat es ihm gleich und suchte Deckung hinter einem Baum auf der linken Seite.

Der Alte rief: „Hektor, fass!"

Mit lautem Bellen rannte ein riesiger Dobermann auf die Mülltonnen zu, hinter denen Sascha in Deckung gegangen war. Vorsichtig lugte der hinter seinem Versteck hervor und sah einen riesigen, laut bellenden Hund auf sich zurennen. Er zögerte keine Sekunde, zielte und jagte dem Monstrum ein Geschoss zwischen die Augen. Nach kurzem Jaulen blieb das

Tier leblos liegen. Es folgte ein wütender Schrei des Besitzers und krachend schlugen die Schrotkugeln in die blechernen Mülltonnen ein. Das war der Moment, auf den Sascha gewartet hatte. Er rannte auf den Alten zu; der riss den Lauf herunter und versuchte, zwei neue Patronen einzuführen, war aber zu langsam. Aus vollem Lauf schlug ihn Sascha aus seinem Rollstuhl. Der Alte lag wie ein Maikäfer auf dem Rücken. Sascha war völlig außer Kontrolle, trat auf den Alten, der wehrlos vor ihm lag, ein und brüllte:

„Du Schwein schießt auf mich!"

Klaus rannte, so schnell er konnte, zu den beiden und zog Sascha weg.

„Spinnst du? Du bringst den Arsch noch um!", versuchte er, seinen Kollegen zu beruhigen.

„Ja, lass mich den Wichser umlegen."

„Hör jetzt auf, das ist der Scheißhaufen nicht wert."

Ein spitzer Schrei unterbrach sie in ihrem Gerangel. Eine fette Frau um die vierzig, die Beamten schätzten sie auf mindestens hundertfünfzig Kilo, die hellroten Haare rundeten den unerfreulichen Anblick ab, kam durch das gusseiserne Tor. Die Beamten erkannten sie sofort: Es war das hässliche Mädchen vom Klassenbild, Manuela Steiner.

„Was haben Sie mit meinem Vater gemacht?"

„Hey, Mastschwein, wenn hier jemand Fragen stellt, sind wir das! Verstanden?"

„Das wird Folgen für Sie haben, Sie wissen wohl nicht, mit wem Sie es zu tun haben?"

„Lassen Sie mich raten: graues Fell, vier Tonnen schwer – Walross, Elefant, Nilpferd? Sagen Sie es mir, ich komme gerade nicht darauf."

Klaus schlug die Hände über dem Kopf zusammen, aber er wusste, dass er Sascha jetzt nicht mehr stoppen konnte, also lehnte er sich zurück. Ein Gutes hat es, dachte er, solange Sascha diese Manuela beschimpfte, brauchte er sich wenigstens keine Sorgen machen, dass er den alten Bauern noch weiter zusammentrat. Er machte sich an die Arbeit und hob den Bauern zurück in den Rollstuhl.

„Ich bin Manuela Merkel, mein Mann sitzt im Landtag und wenn der hört, was Sie hier gemacht haben …"

„Ach, toller Ehemann, lässt sich von Papa vorschreiben, wen er wegen ein paar Kröten zu heiraten hat, und der soll die Courage haben, was gegen uns zu tun? Egal, was er bezahlt bekommen hat, es war zu wenig. So viel Geld gibt es auf der ganzen Welt nicht, das es erträglich machen würde, so was zu heiraten."

Sascha spuckte verachtend auf den Boden. Manuela Merkel wandte sich jetzt ihrem Vater zu:

„Stimmt doch, Papa, Marco hat mich nur aus Liebe geheiratet?"

„Sag die Wahrheit, sonst gibt es noch was in die Fresse!", fügte Sascha hinzu.

„Ich an Ihrer Stelle würde die Wahrheit sagen!", riet Klaus, der den Alten immer noch verarztete, „er ist gerade nicht in der Stimmung, sich Lügen anzuhören!"

„Fünfhunderttausend!", sagte der Bauer mit zittriger leiser Stimme, „fünfhunderttausend Mark hat Gottfried bekommen."

Den Beamten blieb der Mund offen stehen. Manuela Merkel rannte heulend davon. Als sich Sascha wieder gefasst hatte, stellte er, zu Klaus gewandt, fest:

„Da haben wir unser Motiv, und Fünfhunderttausend sind ein wahrlich gutes Motiv."

„Da hast du wohl recht", bestätigte Klaus.

„Motiv? Motiv wofür? Dafür, dass die Kleine damals ausgerissen ist?", maulte der Alte in seinem Rollstuhl. „Die hatte ein viel besseres Motiv: fünfzehntausend, die Gottfried, dieser Narr, ihr gezahlt hat."

„Ach so, Sie haben also schon mit Herrn Merkel telefoniert!"

„Natürlich hat er mich informiert, ich weiß hier im Tal über alles Bescheid. Ich bin hier Gott."

„Merkwürdig, dann wissen Sie auch, dass Jessica ermordet wurde. Was soll dann das Gefasel, sie sei ausgerissen?"

„Wer sagt Ihnen, dass sie nicht ausgerissen ist? Fünfzehntausend ist eine Menge Geld, vielleicht ist sie nur den falschen Leuten über den Weg gelaufen."

„Sagen wir einmal: Wir haben unsere Quellen, das dem nicht so war."

„Hat der alte Narr also doch geplaudert, das wird er noch bereuen."

„Wen meinen Sie?"

„Niemand Bestimmten!"

Der alte Bauer war nicht mehr bereit, mit den Beamten zu reden. Sie sparten sich die Verabschiedung und gingen zurück zu ihrem Fahrzeug. Sascha wollte sich noch mal am Fundort umsehen, er hatte einen Verdacht.

Sie brauchten knapp eine Dreiviertelstunde. Die Arbeiter hatten inzwischen den Sumpf trockengelegt und begannen nun, in mühsamer Handarbeit mit Spaten und Pickeln den Boden umzugraben.

„Was sollen wir hier, die Jungs hier haben doch alles im Griff."

„Sieh dir noch mal das Klassenfoto an." Sascha kramte es aus der völlig überfüllten Jackentasche. „Und dann schau mal nach da hinten."

Klaus blickte in die gewiesene Richtung; am Ende des Wegs sah er eine Sitzgruppe.

„Davon gibt es sicherlich Hunderte im Pfälzer Wald, du erwartest doch jetzt nicht, dass ich den ganzen Weg nach da hinten laufe, das sind mindestens zwei Kilometer."

„Hab dich nicht so!"

Klaus maulte zwar noch, folgte aber seinem Kollegen auf dem engen Waldweg. Sie brauchten eine ganze Stunde und Klaus war völlig am Ende seiner Kondition, als sie an einen steinernen Tisch kamen, um den drei Holzbänke standen. Die Inschrift auf der steinernen Gedenktafel dahinter konnte man nicht mehr lesen. Eine riesige Eiche spendete Schatten. Sascha holte das Foto wieder heraus. Klaus sah fassungslos auf das Bild.

„Der Klassenausflug ging hierher? Was soll das bedeuten?"

„Sie wurde nicht zufällig hierher gebracht. Warum, leuchtet mir noch nicht ein."

Klaus sah sich um. Auf der anderen Seite des Tals stand ein kleines Holzhaus.

„Hast du gesehen, dass es in diesem Tal irgendein Gebäude gab?"

„Nein, und das ganze Tal steht unter Naturschutz, schauen wir es uns mal an."

Sie gingen über die Wiese zur anderen Seite des Tals. Zu ihrem Glück war der Bach so nah an der Quelle nicht sehr breit, sodass sie das Gewässer bequem überqueren konnten. An der Hütte angekommen versuchten sie, durch eines der Fenster ins Innere zu schauen. Die Vorhänge waren alle zugezogen, die Scheiben schwer verschmutzt.

„Hier war seit Jahren niemand mehr", mutmaßte Klaus.

„Da dürften Sie recht haben." Ein Jäger trat aus dem Gebüsch neben dem Haus zu ihnen. „Ich glaube, es ist fast zwanzig Jahre her, seit zum letzten Mal jemand hier war."

„Wem gehört das Haus?"

„Einem Bürgermeister, ich hab den Ort vergessen. Früher sind immer die Schüler einmal im Jahr hierhergekommen, haben dort drüben am Tisch gegrillt und auf der Wiese gespielt."

„Das Haus gehört Gottfried Merkel?"

„Genau, ich glaube, so hieß der Besitzer."

Klaus wollte Sascha noch zurückhalten, nur reagierte er zu spät; Sascha hatte die morsche alte Holztür schon eingetreten. Das Haus hatte nur drei Räume: ein Wohnzimmer, in dem auch ein Esstisch stand, ein Schlafzimmer und eine Küche. Sascha öffnete alle Schubladen und ihm fiel sofort auf, dass eines der Steakmesser fehlte. Im Schlafzimmer waren auf das Doppelbett zwei unterschiedliche Spannbetttücher aufgezogen.

„Sie ist liegend erstochen worden. Ich fresse einen Besen, wenn sie nicht hier getötet wurde."

„Dann holen wir uns einen Durchsuchungsbefehl, Blutspritzer lassen sich heute leicht nachweisen", folgerte Klaus.

„Und mit welchem Beweis? Der Richter lacht uns doch aus."

„Jetzt? Was tun wir jetzt?"

„Machen wir wieder zu und fahren zurück, ich weiß, was ich wissen wollte", verkündete Sascha mit einem selbstgerechten Grinsen. Sie gingen zurück und erreichten kurz vorm Sonnenuntergang ihren Wagen. Die Bauarbeiter hatten inzwischen Feierabend gemacht. Sie stiegen in ihren Porsche und fuhren zurück nach Altleiningen. Dort angekommen, übergab ihnen ihre Pensionswirtin ein Paket.

„Das ist für Sie abgegeben worden", sagte sie nur knapp.

In ihrem Zimmer öffneten sie das Paket, es waren lauter Zeitungsannoncen aus Zeitungen in ganz Deutschland. Alle lauteten gleich: >R&J Ich hab mich entschieden. Ich liebe dich! Komm zurück.<

„Was soll das bedeuten? Was soll diese Annonce?"

Sascha schaute sich die handschriftlich dazugeschriebenen Datumsangaben an.

„Seltsam, die Annoncen decken den Zeitraum von Jessicas Verschwinden bis heute ab."

„O. k., das J steht für Jessica, aber wer war R?"

„Wenn wir das wissen, dann haben wir wahrscheinlich den Fall gelöst."

Erschöpft von den Anstrengungen des Tages sanken sie in ihre Betten.

Zur selben Zeit schreckte gut hundert Kilometer entfernt Karl Bergmann schweißgebadet aus dem Schlaf auf. Die Albträume, die er schon fast vergessen hatte, waren wieder da. Er kannte den Traum; vor zwanzig Jahren hatte er ihn täglich geträumt: Er war 25 Jahre alt, er hatte mit seinem Freund Werner den ersten Fall ihrer noch jungen Laufbahn übertragen bekommen. Mit viel Enthusiasmus und Arbeitseifer waren er und Werner an die Arbeit gegangen und hatten wirklich jeden im Ort befragt, aber sie waren überall abgeblitzt. Bis Werner die geniale Idee hatte, den Pfarrer zu fragen. Karl hatte sich dagegen gesträubt, ein Gotteshaus zu betreten; das letzte Mal hatte er das bei seiner Kommunion getan, und das war, da war er sich sicher, unter Zwang geschehen.

„Hab dich nicht so, der Pastor wird dich schon nicht beißen!", hatte ihn sein Freund lachend aufgefordert, ihm in die Kirche zu folgen. Der Pastor war wirklich der Einzige in diesem von Gott verlassenen Dorf gewesen, der mit ihnen geredet hatte:

„Die Wahrheit liegt begraben im neuen Gutshaus."

Karl schaltete das Nachtischlicht ein: „Die Wahrheit liegt begraben im neuen Gutshaus", wiederholte er die Worte, die er vor 20 Jahren gehört hatte. Heute wusste er, dass es eine Falle gewesen war, die sie genau auf den Präsentierteller geführt hatte. Oder? Karl überlegte, versuchte fieberhaft, sich zu erinnern, was als Einziges damals schon fertig gewesen war. Der Keller! Waren sie dort gewesen? Nein! Sie waren unter Beschuss geraten und geflohen.

Warum schießt man auf Polizisten? Nur wenn man nichts mehr zu verlieren hat.

„Es war keine Falle!", sagte Karl jetzt so laut, dass davon sogar seine Frau aus dem Schlaf aufschreckte.

„Was ist denn los?", stammelte sie schlaftrunken.

„Ich muss sofort Sascha anrufen!", antwortete Karl triumphierend. Aber das bekam seine Gattin schon nicht mehr mit, sie hatte sich umgedreht und war sofort wieder eingeschlafen.

Karl musste das Telefon sechsmal klingeln lassen, bis Sascha endlich das Gespräch entgegennahm.

„Mir ist was eingefallen, ihr müsst sofort ins Gutshaus!"

Sascha brauchte einen Moment, um zu erkennen, wer ihn da so unsanft aus dem Schlaf gerissen hatte.

„Karl, was ist? Hast du mal auf die Uhr gesehen?", protestierte er. Doch es war zwecklos.

„Ihr müsst sofort ins Gutshaus von diesem Steiner! Ich bin mir sicher: Die Lösung des Falls ist im Keller zu finden! Wir haben das damals nur nicht richtig verstanden."

Sascha war der Meinung, sein Vorgesetzter wäre durchgedreht, denn er redete schnell und offensichtlich auch wirr.

„O. k., Karl, schick uns einen Durchsuchungsbefehl und wir schauen uns da mal um", sagte Sascha in ruhigem und sachlichem Ton, um die Emotionen etwas herauszunehmen.

„Durchsuchungsbefehl? Du verstehst nicht, ihr müsst da sofort hin."

„Wir sollen dort einbrechen?", fragte Sascha ungläubig, denn immerhin sprach er ja mit dem Polizeipräsidenten.

„Genau! Und ruf mich sofort an, wenn ihr zurückkommt, egal wann. Ich kann heute Nacht ohnehin nicht mehr schlafen."

Das glaubte Sascha ihm aufs Wort. Karl, so vermutete er, musste mindesten 3 Kannen Kaffee getrunken haben, so aufgedreht wie er war. Sascha wollte noch antworten, aber es war zu spät, Karl hatte schon aufgelegt. Also weckte er seinen Kollegen und erklärte ihm kurz, was los war. Wenige Minuten später saßen sie schon im Wagen auf dem Weg zum Gutshaus. Sie hatten sich beide schwarze Kleidung angezogen und ihrer Vermieterin, als sie die Pension verließen, noch eine schwarze Seidenstrumpfhose abgebettelt. Die hatte sie zwar ungläubig angeschaut, Klaus dann aber das Erbetene gegeben mit den Worten: „Will nur wissen, was Sie damit vorhaben."

Als sie vor dem Gutshaus hielten, rissen sie die Strumpfhose auseinander und beide zogen sich je ein Bein über den Kopf.

„Und wenn er noch mehr Hunde hat?", fragte Klaus, der sich nicht allzu wohlfühlte bei dem Gedanken, in ein Haus einzusteigen, dessen Besitzer mit Schrotflinten und Kampfhunden bewaffnet war. Sascha antwortet nicht, er war ausgestiegen und versuchte, das Tor zum Garten aufzubrechen. Zu seiner Verwunderung war es nicht abgeschlossen. So leise sie nur konnten, schlichen sie zum Gutshaus. Die Tür war mit einer Kreditkarte und mäßigem Druck leicht zu öffnen. Entsetzt bemerkte Sascha, dass noch Licht brannte. Auch konnte er leise Stimmen und die Geräusche eines Fernsehers hören. Er drehte sich wortlos zu Klaus um und zeigte ihm mit dem Zeigefinger auf den Lippen an, dass sie jetzt sehr leise sein mussten. Vorsichtig bewegten sie sich zu der Tür, aus der die Geräusche drangen. Der alte Bauer saß in einem riesigen Ohrensessel und schaute wie gebannt auf den Fernseher. Neben ihm, auf einem sehr alt wirkenden Tisch, stand ein Glas Rotwein, zu dem er ab und zu griff. Am anderen Ende des Tischs saß eine alte Dame und strickte.

Die beiden schlichen weiter und fanden den Eingang zum Keller. Die Tür war abgeschlossen, aber der Bartschlüssel steckte. Vorsichtig und so leise er konnte, schloss Sascha die Tür auf, schaltete das Licht ein und ging die Holztreppe hinab. Es war ein Gewölbekeller und außer zwei Weinregalen gab es dort unten nichts. Sascha drehte sich zu Klaus um, der ihm gefolgt war.

„Was sollen wir hier? Das ist der sauberste und aufgeräumteste Keller im ganzen Land. Aber dafür müssen wir uns hier nicht die Nacht um die Ohren schlagen."

„Vielleicht gibt 's ja hier eine Geheimtür oder Räume hinter den Wänden?", bemerkte Klaus.

„Zu viele Horrorfilme gesehen?", wollte Sascha gereizt wissen.

„Kann doch sein und durch Herumstehen kommen wir nicht weiter."

Klaus begann, mit dem Zeigefinger an die Wand zu klopfen. Er kam nicht weit, zu ihrem Entsetzen öffnete sich die Tür zum Keller und sie hörten die alte Frau fragen:

„Noch eine Flasche von dem Dornfelder?"

Und dann fügte sie viel leiser hinzu: „Hab ich das Licht vergessen? Ich werde langsam alt."

Sascha und Klaus standen wie angewurzelt, unfähig, sich zu bewegen. Aber es war ohnehin zu spät, hier unten gab es kein Versteck, keinen Unterschlupf, sie waren erwischt worden.

Leise hörten sie die Stimme des Bauern: „Ich hab noch eine im Kühlschrank."

„Du wirst dir noch den Magen verderben, wenn du immer das kalte Zeug trinkst."

Das Licht ging aus, krachend fiel die Tür ins Schloss und zu ihrem Entsetzen hörten sie, wie sich der Schüssel drehte. Sie saßen in der Falle.

Ungläubig sahen sich die beiden Beamten an. Das einzige Licht war das des Mondes, der durch ein winziges halbmondförmiges Fenster zu ihnen hereinschien.

„Und jetzt?", fragte Sascha.

„Was fragst du mich, du bist mein Vorgesetzter, sag du 's mir!"

Hoffnungslos schaute Sascha zu dem Fenster empor: „Ich passe da nicht durch, aber du. Wenn du draußen bist, brichst du wieder ein und schließt mir die Tür auf."

„Toll, alles darf ich alleine machen und was tust du?", protestierte Klaus.

„Ich mach dir die Baumleiter und drücke dir die Daumen."

Sascha stellte sich mit dem Rücken zur Wand unter das Fenster und verschränkte die Hände vor seinem Bauch. Missmutig stieg Klaus erst auf Saschas Hände und dann auf seine Schultern. Jetzt konnte er das Fenster gut erreichen. Ob er durchpassen würde, war ihm allerdings nicht klar.

„Eigentlich sollte ich dich hier unten verrotten lassen", sagte er und krabbelte ins Freie. Er war gerade mit dem Oberkörper draußen, seine Beine hingen noch frei in der Luft, als er aus dem Garten einen Dobermann auf sich zurennen sah. Wehrlos und unfähig, zu reagieren, wartete er darauf, dass das Monster zubeißen würde. Doch es passierte nichts, der Hund kam, leckte mit seiner nassen rauen Zunge über Klaus' Gesicht und wedelte dabei mit dem Schwanzstumpf. Dann ging eine Tür und Klaus hörte die Stimme der alten Frau: „Pluto. Komm!"

Der Dobermann bellte zweimal schroff auf und folgte dann der Stimme. Klaus kroch völlig ins Freie. Kurz überlegte er, seinen Freund wirklich im Keller sitzen zu lassen, befreite ihn aber letztlich doch. Kaum eine Viertelstunde später waren sie völlig erschöpft zurück in ihrer Pension.

Während Klaus angewidert sein Gesicht von Hundesabber reinigte, tätigte Sascha den versprochenen Anruf. Karl, das konnte Sascha hören, war sehr enttäuscht.

Karl Bergmann saß nach dem Anruf noch lange wach, Sascha und Klaus schnarchten kurz darauf in ihrem Hotelzimmer um die Wette.

VI

Am nächsten Morgen waren beide sehr früh wach, wegen des am Abend zuvor ausgefallenen Abendbrots hatten beide großen Hunger und konnten das Frühstück kaum abwarten. Am Frühstückstisch benahmen sie sich wie die Wölfe.

Als der erste Hunger gestillt war, bemerkte Sascha:

„Wir müssen heute unbedingt zur Bank und abklären, wie es um die Finanzen unseres feinen Herrn Bürgermeisters wirklich bestellt war."

„Ja, und was es mit diesen Zeitungsannoncen auf sich hat, müssen wir auch noch klären."

„Stimmt, deswegen wollte ich noch jemanden anrufen!"

Sascha nahm sein Handy und verschwand nach draußen. Nach wenigen Minuten kehrte er strahlend zurück.

„Heute Abend wissen wir, wer die Annoncen aufgesetzt hat!", verkündete er jetzt wesentlich besser gelaunt.

„Was soll uns das bringen?"

„Wir wissen dann, wer R ist!"

„O. k., leuchtet ein, dann gehen wir heute Morgen am besten gleich zur Bank."

„Ja, und diesen Marco Merkel müssen wir auch befragen."

„Also legen wir los."

Die Bank zu finden, bei der Gottfried Merkel Kunde war, erwies sich als nicht ganz einfaches Unterfangen. Der Bürgermeister hatte in den vergangenen zwanzig Jahren dreimal sein Kreditinstitut gewechselt. Zwei Stunden, nachdem sie aufgebrochen waren, standen die beiden schließlich in der Kreissparkasse in Neustadt. Nach einigem Hin und Her mit dem Mann am Schalter, der von Bankgeheimnis und Datenschutz sprach – alles Dinge, die Sascha nun gar nicht interessierten – gelang es ihnen doch noch, den Mann von der Notwendigkeit ihres Anliegens zu überzeugen. Er brachte sie zum Filialleiter. Zu Klaus' Überraschung hatte Sascha das ganz ohne zuzuschlagen geschafft.

„Guten Morgen, Sie wollen also Auskünfte über Gottfried Merkels Finanzen im Zeitraum 1985–1995?", sprach sie ein junger Herr im grauen Anzug und mit Nickelbrille an, der locker Klaus' Sohn hätte sein können.

„Sie sind der Filialleiter?", fragte Klaus ungläubig.

„Ja. Stimmt etwas nicht?"

„Nein, ist alles in Ordnung."

Sascha riss das Gespräch wieder an sich.

„Uns geht es hauptsächlich um den September 1988. Wie war die finanzielle Situation von Herrn Gottfried Merkel zu dieser Zeit?"

Der junge Mann bearbeitete eifrig die Tastatur seines PC.

„Oh, das sieht nicht gut aus!", verkündete er nach wenigen Minuten.

„Was meinen Sie? Er sprach uns gegenüber von einem kleineren finanziellen Engpass."

„Ruin trifft es besser, er hatte 256.000 DM Schulden und seine Schuldzinsen waren höher als sein monatlicher Eingang. Wir haben ihm am 18. September mitgeteilt, dass wir den Kredit kündigen werden und sein Haus zwangsversteigert werden soll."

„Wann war die Zwangsversteigerung?"

„Die fand nicht statt, kurz vorm angesetzten Termin hat Herr Merkel den gesamten Betrag zurückgezahlt."

„Wie das, vom wem kam das Geld? Sehen Sie das auf Ihrem Computer?"

„Nein, er brachte das Geld in bar. Er hat damals sogar noch 240.000 Mark in Festgeld angelegt."

„Das ergibt dann wohl die bekannten Fünfhunderttausend", kombinierte Sascha und fügte dann, zu dem jungen Filialleiter gewandt, in dessen Gesicht man das Unverständnis über die zuletzt gehörte Aussage sah, hinzu:

„Danke, Sie haben uns sehr geholfen."

Sascha und Klaus verließen die Bank, in Saschas Kopf rotierte es:

„Ich finde, wir sollten mal mit Herrn Merkel über kleinere finanzielle Probleme reden", verkündete er, als sie wieder im Wagen saßen.

„Und Marco Merkel?"

„Der kann warten!"

„Gut, du bist der Boss! Und ich kann ohnehin nicht mehr degradiert werden."

Dem war nichts mehr hinzuzufügen. Sascha gab Gas und kurz vor der Mittagszeit fielen die beiden Beamten in der einzigen Gaststätte in Altleiningen ein.

„Sascha, was soll das? Ich denke, wir wollen uns den Bürgermeister vornehmen?"

„Mit leerem Magen? Du spinnst doch! Und überhaupt hast du gerade erst vor einer halben Stunde richtig festgestellt, dass ich der Boss bin!"

Damit war dieses Thema geklärt.

Nicht dass Klaus wirklich etwas gegen ein Mittagessen einzuwenden gehabt hätte, nur wäre ihm ein Abstecher in ein Fast-Food-Restaurant lieber gewesen. Dass er seit drei Tagen keinen Burgertempel mehr von innen gesehen hatte, wirkte sich schon negativ auf seinen Gesundheitszustand aus. Gerade heute Morgen hatte er seinen Gürtel ein Loch weiter zuziehen müssen; wenn das so weiterginge, würde ihn seine Freundin nicht wiedererkennen.

Frisch gestärkt gingen die beiden zwei Stunden später wieder an ihre Arbeit. Klaus hatte zu seinem 400-Gramm-Steak eine doppelte Portion Pommes und anschließend ein großes gemischtes Eis gegessen. Sein Hinweis dem Wirt gegenüber, dass die lächerlichen vier Kugeln vom Vortag kein großes gemischtes Eis gewesen seien und das dieses erst bei mindestens acht Kugeln anfinge, hatte alle Besucher des Gasthauses zu Lachkrämpfen genötigt.

Als die beiden Beamten mit ihrem Fahrzeug beim Rathaus vorfuhren, bemerkten sie sofort den schwarzen S-Klasse-Mercedes, der vor dem Gebäude geparkt war.

„Das wäre doch zu schön, wenn wir zwei Fliegen mit einer Klappe schlagen könnten", bemerkte Sascha mit einem erfreuten Blick auf den Luxuswagen.

Sie gingen ins Gebäude und dort sofort, ohne sich erst anmelden zu lassen, zum Büro des Bürgermeisters. Sascha wollte schon klopfen, entschied sich dann jedoch, dem Gespräch zwischen Gottfried Merkel und, wie er vermutete, dessen Sohn Marco zu lauschen.

„Was soll ich deiner Meinung nach machen? Zum Justizminister gehen? Die Beamten sind auf speziellen Wunsch für diesen Fall extra angefordert geworden."

„Der Ältere, Steger, hat mir die Nase gebrochen! Und der Jüngere von beiden, dieser Weber, der ist völlig geisteskrank, total wahnsinnig!"

„Ist er das? Oder habt ihr, du und dein sauberer Walter Steiner, nur Angst, dass sie euch auf die Schliche kommen?"

„Was erlaubst du dir? Wem verdankst du denn alles?"

„Was? Wenn ich jemals herausfinden sollte, dass du mit Jessicas Tod zu tun hast, wirst du froh sein, wenn ich dir nur die Nase breche"

„Das traust du mir zu?"

„Und noch viel mehr! Ich werde nichts unternehmen, sollen die zwei die Wahrheit aus euch rausprügeln."

Sascha, der sein Ohr ganz dicht an die Bürotür gepresst hatte, bemerkte zu spät, dass Marco das Gespräch soeben beendet hatte. Als dieser die Tür aufriss, machte er eine unsanfte Bauchlandung auf dem Büroteppich.

„Wer sind Sie?", fragte Marco schroff.

Die beiden kamen nicht dazu, zu antworten.

„Das sind diese Schnüffler, von denen ich dir erzählt habe."

Sascha sah zum Bürgermeister und stellte erfreut fest, dass dessen Nase angeschwollen war.

„Trennen wir uns. Du befragst Marco Merkel und ich kümmere mich mal um den sauberen Herrn Bürgermeister."

Sascha legte sein gemeinstes Grinsen auf. Klaus ahnte zwar nichts Gutes, ging dann aber doch mit Marco aus dem Büro. Kaum waren die beiden weg, forderte Sascha:

„So, und jetzt erzählen Sie mir mal, was ein kleiner finanzieller Engpass ist."

„Ich rede mit Ihnen gar nicht mehr, Sie sind wahnsinnig und gewalttätig und ich werde dafür sorgen, dass Sie Ihre Marke abgeben müssen, Sie Arschloch."

Sascha krempelte seine Hemdsärmel hoch und ging einen Schritt auf Herrn Merkel zu.

„Du meinst, ich bin wahnsinnig? Wenn du glaubst, Klaus schlage hart, dann solltest du mal meine Rechte erleben."

„Das dürfen Sie nicht, draußen steht mein Sohn, der kann alles bezeugen, was Sie mir antun, ich werde Sie verklagen."

„Was meinst du, was die im Knast noch alles mit Kindermördern machen?"

Sascha packte Gottfrieds gebrochene Nase und bog sie unter einem leisen Knirschen zur Seite. Der alte Mann schrie auf vor Schmerzen.

„Das dürfen Sie nicht!"

Knack, Sascha bog die Nase zur anderen Seite, dem Bürgermeister liefen Tränen die Wangen herab.

„So, wahnsinnig bin ich? Du stehst wohl auf Schmerzen oder wie soll man eine so große Klappe sonst deuten?"

Sascha ließ die Nase los, packte sein Opfer am Hals und schob es vier Schritte zurück an die Wand.

„So, du Arschloch, jetzt definiere mal leichter finanzieller Engpass, mit einer viertel Million Miesen auf der Bank!"

„Hätte ich das gestern gesagt, dann wäre ich gleich Ihr Hauptverdächtiger gewesen."

„Bist du auch so. Du warst bankrott und wenn dein Sohn ein anderes Mädchen als diese Manuela geheiratet hätte, hättest du alles, inklusive Haus, verloren. Ist doch ein starkes Motiv?"

„Ich war es aber nicht."

Sascha ließ den nach Luft ringenden Mann los und schlug ihn mit aller Kraft in den Unterleib. Merkel sackte zu Boden und krümmte sich vor Schmerzen.

„Noch kann ich dir nichts beweisen, aber das ist nur noch eine Frage der Zeit."

Sascha verließ das Büro und traf vor dem Wagen auf Klaus.

„Und was hat dir Marco gesagt?"

„Nicht viel, außer dass er nie mit Jessica zusammen war, sie nie geliebt hat und schon gar keinen Sex mit ihr hatte."

„Und wie ich dich kenne, hast du nicht versucht, die Wahrheit von ihm zu erfahren?"

„Nein, er hat noch alle Zähne."

„Schade, aber interessant ist das trotzdem. Bis eben war für mich nur dieser schleimige Bürgermeister allein verdächtig. Aber jetzt …"

„Wieso, was hat sich geändert?"

„Warum lügt er? Das ist die entscheidende Frage."

Saschas Handy klingelte und als er das Gespräch beendet hatte, stellte er fest:

„Wir müssen zum Fundort, sie haben Jessicas Kleidung gefunden."

„Ich sehe doch dein Grinsen – und was noch?"

„Vielleicht einen Beweis, dass sie mit Marco dort war."

„Dann sollten wir uns beeilen."

Die beiden Beamten hatten nicht bemerkt, dass Gottfried Merkel, am Fenster stehend, das Gespräch gespannt belauscht hatte.

Nach einer halben Stunde waren sie am Fundort, inzwischen waren auch Kollegen von der Spurensicherung angekommen. Sie verpackten alles in Plastiktüten und nummerierten die gefundenen Gegenstände.

„Die Kleidung ist dieses Bettlacken eingewickelt und dann in diesem Müllsack hier ungefähr zweihundert Meter vom Fundort der Leiche entfernt vergraben worden", berichtete eine junge Blondine namens Vanessa Bach. Die kleine Frau erweckte den Eindruck, als bekäme sie zu Hause nichts zu essen.

„Das Bettlacken ist blutverschmiert – und die Kleidung?", wollte Sascha wissen.

„Nein, aber das ist nur das, was man auf den ersten Blick sehen kann. Genaueres kann ich erst sagen, wenn ich alles im Labor untersucht habe. Aber das ist es, was Sie sehen wollten, wenn ich Sie am Telefon richtig verstanden habe."

Die junge Frau zauberte einen Plastikbeutel hervor, in dem sich eine Busfahrkarte befand, abgestempelt am 20. September 1988 um halb zwölf.

„Sie ist freiwillig hier gewesen. Wäre sie freiwillig mit Walter Steiner oder mit Gottfried Merkel hierhergekommen? Wohl kaum!"

Und mit einem prüfenden Blick auf die für die damalige Zeit ziemlich gewagte Kleidung fügte Sascha hinzu:

„Und sie hätte sich wohl kaum für die alten Herren so aufgebrezelt."

„Und es erklärt auch, warum Marco Merkel leugnet, mit ihr eine Beziehung gehabt zu haben", ergänzte Klaus die Schlussfolgerung seines Kollegen.

„Nur wie passt Maren hier ins Bild? Sie verschwand zeitgleich und das hat er nicht mit einem öffentlichen Verkehrsmittel hinbekommen. Wir brauchen dreißig Minuten bis zu einer Stunde mit dem Auto; mit einem Bus und mit Umsteigen ist man, schätze ich mal, gut zwei Stunden unterwegs, und er musste hier Leiche und Kleidung vergraben. Alleine hätte er das nie gepackt", überlegte Sascha weiter.

„Nun, wir können davon ausgehen, dass sie als beste Freundin von der Schwangerschaft wusste und vielleicht wusste sie auch, dass sie mit Marco hierher wollte. Also musste sie mundtot gemacht werden. Wenn der Mord an Jessica geplant war, dann gibt es in Altleiningen nur eine Person, die ein Interesse daran hatte, Maren zu töten: Gottfried Merkel", ergänzte Klaus den Gedanken seines Kollegen.

„Gut, und wie beweisen wir das?", brachte Sascha ihre Überlegungen auf den Punkt und antwortete dann selbst auf seine Frage: „Wir brauchen einen Zeugen für die Beziehung. Noch besser einen Zeugen, der die beiden am 20. September zusammen in den Bus steigen gesehen hat. Also bleibt uns wohl nichts anderes übrig, als alle zu befragen, die irgendwie mit den beiden in Kontakt standen."

Sascha holte das Klassenfoto hervor: „Und mit denen fangen wir an!"

Sie verabschiedeten sich von ihrer sehr hübschen Kollegin, was bei Sascha nicht ohne anzügliche Bemerkungen ablaufen konnte. Dann fuhren sie zurück nach Altleiningen.

Inzwischen war es spät geworden, die Sonne war hinter den Bergen schon nicht mehr zu sehen. Sascha befürchtete, schon wieder mit knurrendem Magen zu Bett gehen zu müssen. Die beiden hatten Glück; sie kamen noch rechtzeitig zurück zur Pension. Beim Abendbrot bekam Sascha erneut einen Anruf. Erfreut verkündete er, als er das Gespräch beendet hatte:

„Die Schlinge zieht sich zu!"

„Was meinst du?"

„Rate mal, wer R ist?"

„Keine Ahnung, sag es."

„Marco Merkel."

„Jetzt versteh' ich gar nichts mehr. Er soll sie umgebracht haben, aber dann zwanzig Jahre lang bundesweit Annoncen aufgeben haben, dass sie sich bei ihm melden soll?"

„Vielleicht wollte er uns nur glauben lassen, dass er sie sucht."

In diesem Moment betrat Gottfried Merkel den Speisesaal und trat an den Tisch der beiden Beamten:

„Ich möchte ein Geständnis machen, ich habe das Mädchen getötet und im Sumpf versenkt", erklärte der alte Mann, während er nervös mit seinem Feuerzeug spielte. Sascha sah von seinem Abendbrot auf, wandte sich dann Klaus zu:

„Wieso immer, wenn ich esse?"

„Die Chancen, dich mal nicht beim Essen oder Kaffeetrinken anzutreffen, sind ja auch gering!", belehrte ihn sein Kollege.

„Sie haben also Jessica Tiefenbach getötet?", wandte sich Sascha dann an Gottfried Merkel. „Warum sagen Sie uns das jetzt?" Der alte Mann antwortete nicht.

„Gut, erzählen Sie uns doch etwas mehr. Was haben Sie mit der Kleidung des Mädchens gemacht?", fragte Sascha, der ihm kein Wort glaubte.

Gottfried Merkel wirkte nun sehr verunsichert, schaute zur Decke, drehte das Feuerzeug noch schneller in seinen Fingern und antwortete dann stockend:

„Verbrannt, deswegen haben sie auch keine gefunden."

Sascha fühlte sich jetzt endgültig in seinem Gefühl bestätigt:

„Verbrannt, hätte ich auch gemacht. Und wie haben Sie das Mädchen erstochen?"

„Was meinen Sie? Mit einem Messer!"

„Klar, nur wie oft und wo haben Sie zugestochen?"

„Weiß ich nicht mehr, ich war wie von Sinnen. Ich hab so lange zugestochen, bis sie sich nicht mehr bewegt hat!"

Sascha riss nun der Geduldsfaden. Wenn er etwas mehr hasste, als angelogen zu werden, dann beim Essen gestört zu werden.

„Guter Mann, wenn Sie schon gestehen, dann klären Sie doch bitte vorher mit Ihrem Sohn ab, wie er das Mädchen ermordet hat! Schönen Abend noch."

„Mein Sohn hat niemanden ermordet, das müssen Sie mir glauben."

Der alte Mann wirkte nun ehrlich verzweifelt.

„Wenn das so ist, brauchen Sie sich ja keine Sorgen zu machen."

Sascha war nahe daran, ihn persönlich vor die Tür zu setzen. Das war aber nicht nötig, mit gesenktem Kopf verließ er den Speisesaal.

„Meinst du nicht, wir hätten ihn festnehmen und seine Aussage aufnehmen sollen?", fragte Klaus.

„Du glaubst dem doch nicht, was er uns eben aufgetischt hat?"

„Nein, aber …"

„Also!", fuhr ihm Sascha ins Wort und fügte dann erklärend hinzu: „Oder hattest du Lust, ihn zum Präsidium zu fahren? Ich schau jetzt Fußball und trink dabei ein schönes, kühles Weizen."

„Aber was sollte die Vorstellung?", fragte Klaus, der immer noch versuchte, zu verstehen, was Gottfried Merkel mit seinem Geständnis bezwecken wollte.

„Wir haben sie aufgeschreckt. Erst die Vorstellung seines Sohnes im Büro und jetzt gesteht sein Vater so unglaubwürdig, dass er sich fast verdächtig macht. Egal, einer von beiden war es."

„Vielleicht sind wir aber auch nur auf der falschen Spur."

„Niemals! Das sagt mir meine Intuition!"

„Ah, jetzt versteh' ich, Sascha, wir verlassen uns jetzt auf deine Intuition. Meine sagt mir, du baust schon wieder Scheiße!"

„Ist dir schon mal aufgefallen, dass ich zwar zehn Jahre jünger als du bin, aber vom Dienstgrad über dir stehe? Das liegt daran, dass ich den Durchblick habe."

„Nein, das liegt daran, dass ich vier Vorgesetzten mehr in die Fresse geschlagen hab als du."

Damit war das Gespräch beendet. Auch war es schon sehr spät und die beiden beschlossen, erst einmal schlafen zu gehen.

Kurz nach Mitternacht schreckte Klaus auf, irgendetwas war ans Fenster geflogen. Er lauschte; gerade wollte er sich wieder ins Kissen kuscheln, da hörte er das Geräusch wieder. Klaus stand auf, um ans Fenster zu gehen und nachzusehen, was los war. Er war etwa einen Meter vom Fenster entfernt, als dieses mit einem lauten Knall zersprang. Der Stein, der das Fenster durchschlagen hatte, verfehlte seinen Kopf nur um Zentimeter und schlug hinter ihm gegen die Wand. Klaus warf sich sofort zu Boden. Sascha, der durch das Zerbrechen des Fensters geweckt worden war, knipste das Licht an. Er sah den Stein, der nur wenige Zentimeter von seinem Bett entfernt liegen geblieben war. Ein Zettel war um den Stein gewickelt.

„Verpisst euch!" las Sascha vor.

„Da kann uns wohl jemand nicht leiden!"

Klaus stand auf, um aus dem Fenster nach dem Steinewerfer zu schauen, und sah einen brennenden Gegenstand auf sich zufliegen.

„Runter!", rief er und sprang geistesgegenwärtig zur Seite. Im nächsten Moment zersprang eine Flasche in einer riesigen Stichflamme auf dem Teppich. Sascha nahm seine Waffe vom Nachtisch und rannte zur Tür. Im Rausrennen brüllte er noch:

„Lösch das hier, ich schnappe mir den Arsch."

Klaus rannte ins Bad, füllte den Mülleimer mit Wasser und löschte damit den Teppich. Er hatte nicht bemerkt, dass inzwischen die Hauswirtin in der Zimmertür stand; er sah sie erst, als sie ihn ansprach.

„Es geht wieder los!"

„Was meinen Sie damit? Was geht schon wieder los?"

„Damals, vor zwanzig Jahren, haben sie das auch mit Ihren Kollegen gemacht."

„Wer?"

„Das wird Ihnen hier keiner beantworten. Damals war jeder in irgendeiner Form finanziell von Bauer Steiner abhängig!"

„Aber heute? Er sitzt im Rollstuhl!"

„Es gibt noch genug Familien, die ihm alles verdanken! Er hat seine Leute."

Indes rannte Sascha, nur mit einem Schafanzug bekleidet, aus der Pension. Die Straße vor dem Haus war menschenleer. Er versuchte, irgendetwas zu erkennen; nur langsam gewöhnten sich seine Augen an die Dunkelheit. Zu seiner Linken hörte er ein Rascheln und als er hinsah, meinte er, einen Schatten weghuschen zu sehen. Er lief hin, aber in der Seitenstraße war nichts zu erkennen. Dann sah er am Ende der Straße wieder einen Schatten über die Straße huschen und rannte los. Gleich darauf hörte er ein Knacken hinter sich, drehte sich um und sah gerade noch eine Person in einen Hauseingang flüchten – dann war wieder jemand vor ihm. Sascha hatte das Gefühl, überall um ihn herum wären Angreifer, die er aber nicht fassen konnte, weil er sie nicht sah.

Plötzlich, aus heiterem Himmel, traf ihn ein Stein am Knie. Er konnte nicht erkennen, woher der gekommen war. Knall, der nächste schlug nur Zentimeter neben ihm ein. Er vermutete, dass der Angreifer aus der Gasse ihm gegenüber warf, die war jedoch so finster, dass er keinen Meter hineinsehen konnte. Sascha feuerte auf gut Glück zwei Schuss in die Gasse, achtete aber darauf, hoch genug zu zielen, um niemanden zu treffen. Fußgetrappel, der Angreifer flüchtete in die Finsternis. Sascha überlegte, ob er ihm folgen sollte, aber ohne Licht war das zu gefährlich. Das spärliche Licht, das von der einzigen beleuchteten Straße des Ortes in die Seitenstraße schien, war hier schon zu schwach.

Sascha hörte das Hupen der Alarmanlage seines Porsches. Er rannte zurück zur Hauptstraße. Drei schwarz gekleidete Personen versuchten, den Luxuswagen aufzubrechen; einer hatte einen Molotowcocktail in der Hand.

„Lasst die Finger von meinem Wagen!"

Sie schauten nun in seine Richtung; ihre Gesichter waren vermummt. Sascha zielt auf die drei, die sofort in unterschiedliche Richtungen wegrannten. Er ging zurück in ihr Zimmer.

„Hasst du den Kerl gefasst?", fragte Klaus.

„Nein, es waren zu viele."

„Wie, zu viele?"

„Mindestens vier, feige Bande."

„Leg dich schlafen, wir wechseln uns ab, zwei Stunden du, dann zwei Stunden ich, einer schiebt Wache."

Aber in den nächsten zwei Stunden blieb alles ruhig und so legte sich auch Klaus zum Schlafen hin.

VII

Am nächsten Morgen wurden sie von Saschas Handy unsanft geweckt. Nach kurzem Blick auf das Display stellte Sascha genervt fest:

„Der Alte, was will der Arsch um die Uhrzeit?"

Er nahm das Gespräch an: „Weber", meldete er sich schlaftrunken.

„Weber. Sind Sie beiden von allen guten Geistern verlassen, sind Sie jetzt völlig verblödet? Was haben Sie vor? Einem Kollegen den Kiefer und die Nase des Bürgermeisters gebrochen! Einen Rollstuhlfahrer zusammengetreten! Dazu kommt Hausfriedensbruch! Und dass Sie die Ehefrau eines Landtagsabgeordneten beleidigt haben, das schlägt dem Fass den Boden aus. Stimmt, und einen Hund haben Sie auch noch erschossen! Was haben Sie vor? Krieg?"

Schmidt brüllte so laut ins Telefon, dass sogar Klaus, der zwei Meter neben Sascha lag, jedes Wort verstanden hatte.

„Und wegen der paar Lappalien wecken Sie mich?" brüllte Sascha nicht minder laut in das Mikrofon seines Mobilfunktelefons.

„Verstecken Sie sich hinter Ihrem Schreibtisch und lassen Sie uns unsere Arbeit machen!"

„Was haben Sie gesagt? Weber, Sie vergessen wohl, wer ich bin, ich bin immer noch Ihr Vorgesetzter!"

„Schmidt, nerve jemand anderen!"

Sascha drückte das Gespräch weg und fügte dann, zu Klaus gewandt, hinzu: „Das Problem ist, dass der Arsch keine Eier hat, beim kleinsten Anzeichnen von Gegenwind fängt er an, rumzuheulen."

„Klar, aber hältst du es für klug, ihn so anzupflaumen?"

„He, hast du mal auf die Uhr geschaut? Es ist sechs Uhr, was denkt der sich, mich um diese Uhrzeit zu wecken und dann noch zu brüllen, bevor ich meinen Kaffee hatte?"

Sascha drehte sich wieder um, löschte das Licht und kurz darauf hörte Klaus ihn schon wieder schnarchen.

Klaus zog sich an und ging erst mal spazieren. Er ging sehr langsam und machte ausgiebig Pausen, sodass er erst nach einer Stunde zurück in ihr Zimmer kam. Sascha schlief immer noch. Klaus ging duschen und ging dann zum Frühstück; er musste fast bis neun Uhr warten, bis sich sein Kollege zu ihm gesellte, sich einen Kaffee eingoss und eine Zigarette anzündete.

„Du darfst im Speisesaal nicht rauchen."

„Ist mir egal", brummte Sascha.

„Sascha, ich hab mir was überlegt!"

„Ja?"

„Ich war heute Morgen etwas laufen."

„Ist ja toll, brauchtest du ein Sauerstoffzelt? Sag, was du willst, oder lass es bleiben."

Saschas Laune konnte schlechter kaum sein.

„Ich hab im ganzen Ort keine Apotheke gefunden."

„Tolle Neuigkeit, ich hab noch nicht mal ein Café gefunden und das hat mich mehr getroffen", grummelte Sascha weiter.

„Wenn sie wusste, dass sie schwanger war – woher wusste sie es, wenn sie keinen Schwangerschaftstest kaufen konnte?"

„Oh Mann, wie alt bist du?"

Sascha war inzwischen sehr genervt und hielt im Übrigen diesen ganzen Dialog, der ihn vom Essen abhielt, für Luftverschwendung.

„Ich kläre dich mal kurz auf: Frauen bekommen jeden Monat ihre Regel; kommt die nicht, hat der Mann ein Problem."

„Klar, ich dachte nur, vielleicht war sie ja bei einem Arzt!"

Sascha verdrehte die Augen, wie er es immer tat, wenn er mit einer Idee von Klaus nicht einverstanden war.

„Was soll der uns dann sagen?"

Michaela, die gerade einen anderen Tisch abräumte, beendete das Thema.

„Doktor Waldmann ist vor sechs Jahren gestorben. Jetzt gibt es hier keinen Arzt mehr. Ist auch nicht mehr so schlimm, inzwischen hat hier fast jeder ein Auto."

„Ein Auto." Sascha war gerade ein Gedanke durch den Kopf geschossen.

„Vor zwanzig Jahren, wer hatte da ein Auto?"

„Wenige. Klar, Doktor Waldmann, unser Bürgermeister und Walter Steiner, der hatte sogar zwei. Ja, und unser Pastor, der hatte auch einen Käfer."

„Danke, Sie haben uns sehr geholfen."

Sascha wandte sich wieder Klaus zu: „Merkel hatte ein Fahrzeug, er hatte ein Motiv und wahrscheinlich wurde sie in seiner Hütte getötet. Hohlen wir uns einen Haftbefehl und nehmen die Hütte auseinander!"

„Und sicherlich hast du auch einen Beweis? Lass uns lieber mit diesen Zeitungsannoncen weitermachen, wie passen die ins Bild?"

„Nun, die sind von Marco. Entweder hat er sie uns geschickt, um uns weizumachen, dass er Jessica liebt und sie immer noch sucht, oder er tut das wirklich."

„Was jetzt?"

„Ich bin zwar immer noch dafür, die Hütte zu zerpflücken, oder wir machen mit dieser Nacht weiter. Ich will wissen, wer mir heute Nacht den Schaf geraubt hat."

„Nun, unsere Vermieterin meinte, dass dieselben wie vor zwanzig Jahren dahinterstecken. Walter Steiner!", erklärte Klaus.

„Die Angreifer von heute Nacht saßen nicht im Rollstuhl."

Michaela, die immer noch gespannt lauschte, mischte sich wieder ins Gespräch ein:

„Ich bin mir sicher, dass Frank Heiler dabei war, er ist der Sohn unseres Metzgers, sein Großvater war der beste Freund von Walter Steiner. Und er bezieht sein gesamtes Fleisch von Walter Steiner."

„Das ist doch mal eine Spur, dann werden wir uns mal mit Frank Heiler unterhalten!", beschloss Sascha. Sie tranken aus und gingen dann los. Trotz lautstarker Proteste dagegen, die fünfhundert Meter zu dem Geschäft mit dem Auto zu fahren, ließ sich Sascha nicht erweichen. Als sie die kleine Metzgerei betraten, kam ein schwergewichtiger Mann mit grimmigem Gesichtsausdruck auf sie zu. Er hatte ein langes Schlachtermesser in der Hand und fauchte wütend:

„Raus aus meinem Laden, Ungeziefer hat hier nichts zu suchen."

Sascha sah nur das Messer und reagierte sofort. Er griff sich den Schirmständer, der neben ihm stand, und zog diesen dem Metzger über den Schädel. Der schüttelte sich kurz und ging dann wieder auf Sascha zu. In seinen Augen war jetzt blanker Hass. Er packte Sascha und schleuderte ihn gegen die Wand. Sascha rappelte sich wieder auf und versuchte, den unbezwingbar wirkenden Gegner mit zwei schnellen rechten Hacken niederzustrecken. Dieser zeigte keine Reaktion auf die Schläge und schlug nun eine rechte Gerade. Er traf Sascha, der daraufhin wieder gegen die Wand schlug.

Sascha wusste nicht, was mit ihm passierte; er erwartete jeden Moment den finalen Schlag. Dann hörte er ein ohrenbetäubendes Knallen und einen lauten Schmerzensschrei. Sascha öffnete die Augen und sah den Metzger sich vor Schmerzen auf dem Boden winden. Er hob sein Knie, die weiße Hose war blutverschmiert. Sascha sah auf zu Klaus, der gerade seine Pistole wieder zurück ins Schulterhalfter steckte. Klaus ging zu dem Metzger, zog ihn an der Schulter zu sich:

„Frank Heiler? Wir hätten da ein paar Fragen."

„Ich bin nicht Frank. Frank ist mein Sohn", antwortete der Mann mit vor Schmerzen zitternder Stimme.

„Wo ist er?"

„Oben in seinem Zimmer. Er schläft noch."

Klaus wandte sich zu Sascha, der immer noch, an die Wand gelehnt, dasaß wie ein zu Boden gegangener Boxer:

„Ruf einen Krankenwagen, ich kümmere mich um den Sohn."

Doch Klaus hatte keinen Erfolg. Als er die Tür zu Franks Zimmer eingetreten hatte, musste er frustriert feststellen, dass dieses leer war. Das Fenster war offen, Frank Heiler war geflohen.

„Scheiße!", brüllte Klaus frustriert. In seiner Wut riss er die große Glasvitrine um, die klirrend auf dem Parkettboden zerbrach. Er wollte gerade den Kleiderschrank umwerfen, als er hinter sich eine weibliche Stimme hörte:

„Was machen Sie da?"

Ohne sich umzudrehen, antwortete Klaus:

„Wonach sieht es denn aus? Ich räume den Schweinestall auf!"

„Das dürfen Sie nicht!"

Die Frau klang nun energischer: „Ich rufe die Polizei!"

Klaus war jetzt wirklich genervt, er drehte sich um und erblickte eine recht gut aussehende Frau mit langen schwarzen Haaren.

„Gute Frau, ich bin die Polizei! Jetzt stören Sie mich nicht weiter, ich bin auf der Suche nach Frank Heiler und muss schauen, ob er sich hinter dem Schrank versteckt hat."

Mit lautem Krachen zerbrach der Kleiderschrank auf dem Zimmerboden.

„O. k., da war er nicht!", stellte Klaus lachend fest.

„Aber was wollen Sie von meinem Sohn?", wollte die nun besorgt aussehende Frau wissen.

„Nichts, ich will nur mit ihm reden."

Klaus sah sich, während er sprach, im Zimmer um. Sein Blick fiel auf den Schreibtisch, wo ein Heft lag, auf dem in Normschrift „Berichtsheft" stand.

„Ihr Sohn macht eine Ausbildung?"

„Ja, als Schreiner, er ist im dritten Lehrjahr. Wieso?"

Klaus ging zum Schreibtisch und nahm sich das Heft.

„Was tun Sie damit, das braucht Frank für die Gesellenprüfung!"

Klaus setzte sein breitestes Grinsen auf:

„Ich sorge nur dafür, dass Ihr Sohn in den kommenden Nächten Besseres zu tun hat, als vermummt auf der Straße rumzugammeln und Polizisten um ihre verdiente Nachtruhe zu bringen."

Geschickt zwängte er sich an der verzweifelten Frau vorbei und ging zurück in die Metzgerei. Dort saß Sascha immer noch ziemlich benommen an der Wand und hatte sein Handy in der Hand.

„Krankenwagen angerufen?", fragte Klaus und Sascha nickte.

Im selben Moment erschallte ein gellender Schrei. Die Frau aus der Wohnung war Klaus gefolgt und sah nun ihren Mann angeschossen auf dem Boden liegen. Klaus beachtete sie gar nicht weiter, als sie zu ihrem Mann sprang und sich zu ihm beugte. Er ging zu Sascha und reichte ihm seine Hand:

„Komm, steh auf, du Weichei! Ich hab da was, das dir bestimmt Freude bereiten wird!"

Er zog seinen Kollegen hoch, der immer noch recht wacklig auf den Beinen war, und zeigte ihm das Heft.

„So, und das verbrennen wir jetzt feierlich im Waschbecken!", fügte Klaus amüsiert hinzu.

Sie mussten nicht lange auf den Krankenwagen warten. Er kam, als das Feuer gerade ausging. Unverrichteter Dinge gingen sie zurück zu ihrer Pension. Sie konnten gerade den Eingang sehen, als drei mit Baseballschlägern bewaffnete Jugendliche aus der Tür rannten. Sascha schaltete sofort und lief zu den Jugendlichen, die gerade auf ihre Motorroller aufstiegen. Einen konnte er sogar am Rücklicht packen, nur riss dieses ab und Sascha fiel bäuchlings auf den Asphalt.

„Du willst heute unbedingt noch ins Krankenhaus?", lästerte Klaus, der gemäßigten Schrittes zu seinem Kollegen ging. „Einmal zu Boden gehen hat dir wohl noch nicht gereicht?"

„Halt die Fresse und hilf mir hoch!", maulte Sascha, dessen Verärgerung nicht zu übersehen war. „Gehen wir rein und schauen, was die hier wollten."

Als die beiden Beamten die Pension betraten, bot sich ihnen ein Bild der Verwüstung. Tische und Schränke waren zertrümmert. Das Geschirr war im ganzen Speisesaal verteilt. Von ihrer Hauswirtin fehlte jede Spur.

„Schauen wir nach, was sie von unserem Zimmer übrig gelassen haben!", schlug Klaus mit besorgtem Ton vor. Sie stiegen die Treppe zum ersten Stock empor. Klaus bemerkte sofort die eingetretene Tür zu den Privaträumen ihrer Hauswirtin. Ihm stockte der Atem, als er durch den Eingang blickte und Michaela am Boden liegen sah. Er rannte die letzten Meter zu der bewusstlosen Frau und beugte sich zu ihr herunter, um den Puls zu fühlen. Erleichtert stellte er fest, dass sie noch lebte. An ihrem Kopf klaffte eine große blutende Wunde.

„Hol den Verbandskasten aus dem Wagen!", brüllte er Sascha zu, der sofort losrannte. „Und ruf einen Krankenwagen."

Wenig später kam Sascha mit dem Erste-Hilfe-Kasten unter dem Arm und dem Handy am Ohr zurück.

„Krankenwagen ist auf dem Weg." Er reichte Klaus den Kasten. Der beachtete ihn nicht weiter, riss geübt die Verpackungen von Kompresse und Mullbinde auf und machte sich daran, Michaelas Wunden zu verbinden. Sascha, der es jetzt bereute, sich bei den jährlichen Ersthelferkursen in die letzte Reihe verdrückt zu haben, um dort zu schlafen oder sich mit Kollegen über Fußball zu unterhalten, sah ein, dass er hier nicht helfen konnte. Er ging in ihr Zimmer, um zu sehen, was die Angreifer dort zerstört hatten. Auch die Tür zu ihrem Zimmer war eingetreten, Schränke waren aufgerissen, ihre Kleidung lag zerschnitten in der Mitte des Raumes. Die massiven Eichenholzbetten hatten die Eindringlinge zwar nicht zerschlagen können, aber die Kerben im Holz wiesen darauf hin, dass sie es versucht hatten. Sascha hob ihre Kleidung auf und schaute nach, was noch zu gebrauchen war, doch sie hatten ganze Arbeit geleistet. Frustriert nahm er sein Telefon, um Bergmann darüber zu informieren, was geschehen war.

„Bergmann", meldete sich die vertraute Stimme seines Vorgesetzten.

„Weber. Wir haben da ein Problem!"

„Ja, ich habe es schon mitbekommen! Schmidt hat bei euch angerufen. Ist schon geklärt, ich habe ihm die Hölle heiß gemacht, der belästigt euch bestimmt nicht mehr!"

Sascha konnte sich bildlich vorstellen, wie Schmidt versucht hatte, sich aus der Nummer wieder herauszuwinden, und er freute sich diebisch darüber, dass dieser bei Karl auf taube Ohren gestoßen war.

„Freut mich! Nein, wir haben ein ernsteres Problem. Drei Jugendliche haben unsere Bude auseinandergenommen, unsere Hauswirtin krankenhausreif geschlagen und unsere Klamotten zerstört!"

„Braucht ihr Verstärkung?"

„Nein, Chef, wir werden doch mit ein paar Kids fertig! Aber wir brauchen Kleidung und Geld wäre auch nicht verkehrt, es gibt hier nämlich keine Bank."

„Lass ich euch bringen!"

Sascha war beruhigt und legte auf. Aus der Ferne hörte er schon das Martinshorn des Krankenwagens lauter werden.

Fast hundert Kilometer entfernt saß Bergmann an seinem Schreibtisch. Er war besorgt. Obwohl er wusste, dass er die besten Männer für diesen Job in Altleiningen hatte, befürchtete er, dass sie nicht mit drei Kids, wie Sascha sich ausgedrückt hatte, fertig werden würden. Und noch viel mehr befürchtete er, dass es sich nicht nur um drei handelte. Er griff zum Telefon; er brauchte jeden Mann, den er bekommen konnte. Dieses Mal, da war sich Bergmann sicher, würden sie nicht verlieren.

Sascha ging indes zur Straße, um dem Krankenwagen anzuzeigen, wo er hinmusste; es war derselbe, der eine Stunde zuvor schon den Metzger abgeholt hatte. Der Fahrer begrüßte Sascha mit einem genervten: „Sollen wir gleich dableiben?".

Freundlich erwiderte Sascha:

„Wenn dir das zu viel Arbeit ist, wärst du halt besser zur Bundeswehr gegangen, Arschloch!"

Sascha wartete unten, bis Klaus und die Rettungskräfte wieder runterkamen, dann ging er zu seinem Kollegen:

„So, du weißt, was jetzt passieren wird!"

„Darauf kannst du dich verlassen! Immerhin fährt der Krankenwagen gerade mit unserem Frühstückskaffee davon!"

„Schnappen wir uns die Bande!"

Entschlossen gingen sie zu ihrem Wagen und machten sich auf die Suche. Sie brauchten nicht lange, bis Klaus die drei Motorroller am Straßenrand vor dem Lebensmittelladen stehen sah. Sascha parkte auf der gegenüberliegenden Straßenseite, im selben Moment rannten die drei aus den Laden, schwangen sich auf ihre Roller und fuhren los. Sascha startete den Motor und folgte ihnen, kam aber nicht weit. Schon bei der ersten Seitengasse bogen die Rollerfahrer ab und Sascha musste frustriert einsehen, dass sein Porsche für diesen Weg zu breit war. Wütend schlug er mit den Händen auf das Lenkrad: „Und jetzt?"

„Auf dem Schild steht ‚Sägewerk'. Da muss auch eine normale Straße hinführen!", mutmaßte Klaus und Sascha nickte zustimmend. Er fuhr weiter und bog in die nächste Seitenstraße. Sie kamen bis zum Waldrand, hier mündete die Straße in einen schmalen, schlammigen Waldweg. Sascha brauchte den Wegweiser nicht zu lesen, ein Blick auf die Reifenspuren im Schlamm verriet ihm, dass sie richtig waren.

„Endstation! Ab hier müssen wir laufen!"

„Wofür haben wir einen Geländewagen?", protestierte Klaus und zeigte mit einer resignierenden Handbewegung auf das Schild, auf dem neben einem rot-grünen Wanderzeichen stand: „Sägewerk 3 km".

„Das wird hart!", bestätigte Sascha. „Nur über Schranken fliegen kann auch der Porsche nicht."

„Ja, aber mit dem BMW hast du es wenigstens versucht!"

Klaus sah ein, dass er um die Wanderung nicht herumkommen würde und fügte mit gespieltem Enthusiasmus hinzu: „Lass uns gehen, sonst wird es dunkel, bis wir dort sind."

Sie stiegen aus und gingen gerade an der Schranke, die ihnen den Weg versperrte, vorbei, als Saschas Handy klingelte. Er meldete sich, als er sah, dass der Anruf von Bergmann kam „Weber."

„Hallo Sascha, Folgendes: Ich hab jetzt zwanzig Mann zusammen und wir sind auf dem Weg zu euch! Unternehmt nichts, bevor wir da sind! Wo seid ihr jetzt?"

„Wir verfolgen die drei, die sind auf dem Weg zum Sägewerk", informierte Sascha. „Wir laufen dann schon mal vor, ihr seid ohnehin schneller als wir!"

„Seid vorsichtig! Wir sind in einer halben Stunde da!", warnte Karl und legte auf.

„Was wollte Bergmann?", fragte Klaus, der nur die Hälfte des Gesprächs mitbekommen hatte.

„Karl kommt mit der Kavallerie! Und wir sollen auf ihn warten, es wäre gefährlich."

„Aha! Drei Kids, die Frauen zusammenschlagen können, sind gefährlich?", lachte Klaus. „Komm weiter, die packen wir alleine."

„Das will ich doch hoffen!"

Unbeholfen begannen sie ihre Wanderung auf dem schweren Boden. Erst kamen sie nur sehr langsam voran, aber als der Weg besser wurde und dann in einen großen Schotterweg einbog, der wahrscheinlich zur Holzabfuhr genutzt wurde, stieg ihre Stimmung und sie hatten fast ein normales Wandertempo.

„Das werde ich jetzt öfter machen!", sagte Klaus nach der Hälfte des Wegs.

„Was?"

„Wandern! Ich merke, dass durch das viele Laufen hier meine Kondition besser wird. Und die frische Luft. Toll!"

Mit diesen Worten steckte sich Klaus eine Zigarette in den Mund.

„Stimmt, rauchen wir erst mal eine. Aber, Scherz beiseite, ich komme mit."

Zusammen setzten sie sich an den Wegrand und rauchten gemütlich. Danach nahmen sie ihre Wanderung wieder auf. Nach einer weiteren Viertelstunde kamen sie erst in einen Laubwald und dann sahen sie vor sich eine große Halle.

Draußen lagen Holzstämme und einige gesägte Bretter. Neben dem Eingang standen die drei Motorroller.

„So, jetzt schnappen wir uns die Arschlöcher!", verkündete Klaus und Sascha, der sich sicher war, dass sein Kollege vor drei Tagen nach diesem Marsch ein Sauerstoffzelt gebraucht hätte, nickte zustimmend.

„Rufen wir wenigstens noch Bergmann an und sagen ihm Bescheid." Sascha nahm sein Handy, stellte aber fest, dass er hier kein Netz hatte, also steckte er es wieder ein.

„Hat sich erledigt, kein Empfang."

Sie gingen zur Eisentür der Wellblechhalle.

Zur selben Zeit parkte Karl mit seinen BMW direkt hinter Saschas Porsche. Ihm taten es fünf Polizeiwagen gleich, aus denen sofort Beamten mit schusssicheren Westen und Langwaffen heraussprangen. Karl versuchte, Sascha anzurufen. Besorgt stellte er fest, dass er ihn nicht erreichen konnte.

„Männer! Ab hier müssen wir laufen!"

Die Beamten gingen schnellen Schrittes los.

Sascha hatte indes vorsichtig die Tür geöffnet. Er war darauf bedacht, das Überraschungsmoment auf seiner Seite zu haben, und so agierte er sehr umsichtig und leise. Es war sehr dunkel, am anderen Ende der Halle konnten sie durch die Maschinen hindurch Licht sehen. Auch hörten sie Stimmen und Gelächter. Leise schlichen sie durch die gespenstisch wirkenden Sägen; immer wieder erschraken sie, weil sich scheinbar Schatten bewegten.

In dem Licht saßen drei Jugendliche, sie hatten es sich auf Sofas bequem gemacht, die aussahen wie beim Sperrmüll gefunden. Als Tisch diente eine umgedrehte Holzkiste. Sie tranken Bier und rauchten.

Sascha winkte Klaus, der ihm gefolgt war, zu sich:

„Du kommst von rechts und ich von links. Dann nehmen wir die Chaoten fest", flüsterte er. Doch in diesem Moment wurde mit lautem Geschrei die Eingangstür aufgerissen. Sascha sah, wie zwei der Jugendlichen auf dem Sofa Baseballschläger aufhoben. Dann wurde es dunkel, irgendjemand hatte das Licht ausgeschaltet. Augenblicklich wurde Sascha klar, dass sein Plan gescheitert war, dass sie in die Falle gegangen waren. Er zog seine Waffe und lud durch, merkte aber gleich, dass er durch das Knacken der Waffe seine Position preisgegeben hatte. Schon spürte er einen heftigen Schlag im Rücken und wurde nach vorne auf den Boden geschleudert. Ohne seinen Angreifer zu sehen, drehte sich Sascha instinktiv zur Seite weg, gleich darauf schlug mit lautem Krachen der Baseballschläger dort ein, wo er kurz vorher noch gelegen hatte. Er zielte nicht, in Panik hielt er seine Waffe ungefähr in die Richtung, in der er den Angreifer vermutete. Sascha schoss viermal; er hörte einen markerschütternden Schmerzensschrei, dann war alles ruhig.

Karl war mit der Verstärkung nur noch wenige hundert Meter von dem Sägewerk entfernt. Als er die Schüsse hörte, war ihm sofort klar, dass es jetzt um jede Sekunde ging. Er rannte in die Richtung, in der er die Schüsse vermutete; kurz darauf sah er auch schon die Wellblechhalle. Wieder zerrissen Schüsse die Stille. Einige der viel jüngeren Kollegen hatten ihn inzwischen eingeholt und drangen, ihre Langwaffen im Anschlag, in das Gebäude ein. Karl betrat die Halle als Fünfter. Das Licht ging wieder an, die mit Baseballschlägern und Knüppeln bewaffneten Jugendlichen ließen sofort ihre Schlagwerkzeuge fallen und hoben ihre Hände sichtbar hoch.

Sascha und Klaus lagen auf dem Rücken, beide mit gezogenen Waffen. Vor Sascha lag einer der Angreifer, er hob seinen blutenden rechten Arm.

Karl ging zu Sascha und fragte ihn erbost: „Was war an ‚Wartet auf uns!' so schwer zu verstehen?"

„Ja, Chef, uns geht es gut, danke der Nachfrage!", gab Sascha erleichtert zurück, der ungern zugeben wollte, dass Karl recht hatte.

„Ihr wisst schon, dass das eine Menge Papierkram gibt, was ihr hier veranstaltet habt?", fragte Karl.

„Wie, veranstaltet?", protestierte Klaus, „wir haben uns nur verteidigt!"

„Ja, ja, steht auf, gehen wir erst mal raus hier."

Vor der Halle zündeten sie sich eine Zigarette an. Wenig später kam der Mannschaftsbus und die Jugendlichen wurden in Handschellen in den Bus eingeladen; auch die Kollegen, die Karl als Verstärkung mitgebracht hatte, stiegen in den Bus.

„Was ist mit Ihnen, steigen Sie jetzt ein oder wollen Sie laufen?", fragte der Busfahrer genervt.

„Wir laufen!", antworteten Sascha und Klaus im Chor.

Die Tür schloss sich und der Bus setzte sich langsam in Bewegung. Zu dritt liefen sie zurück; es dämmerte schon, als sie bei ihren Wagen ankamen. Die Polizeiwagen waren inzwischen abgeholt worden, sodass vor der Schranke nur noch der Porsche und Karls 7er-BMW standen.

„Ein Problem haben wir jetzt!", wandte Sascha sich an seinen Vorgesetzten.

„Ja?"

„Wo sollen wir jetzt bleiben? Unser Zimmer ist zerstört, unsere Vermieterin liegt im Krankenhaus – wo sollen wir morgen Kaffee herbekommen?", fragte Sascha besorgt.

„O. k., das geht nicht, sehe ich ein", antwortete Karl mit einem leicht fiesen Grinsen. „Ich kümmere mich darum."

Er zog sein Handy und entfernte sich von den beiden. Kurze Zeit später kam er zurück:

„Alles geklärt! Habt ihr schon gegessen?"

Zusammen fuhren sie nach Neustadt, wo sie sich in einem von Karls berühmten Geheimtipps die Mägen vollschlugen.

Gestärkt kamen sie kurz vor acht Uhr wieder bei ihrer Pension an. Zu ihrer Überraschung stand ein riesiger Campingbus direkt vor dem Eingang. Ein junger uniformierter Kollege sprang aus dem Fahrzeug und kam ihnen entgegen.

„So, Sascha und Klaus, das ist Günther. Er sorgt für euer leibliches Wohl, solange ihr hier seid."

„Ja, mache ich!", fügte der junge Beamte übereifrig hinzu.

„Ja, unser junger Freund hat sich nämlich beim Glühweinkochen qualifiziert für diese Aufgabe."

„Wie?", fragte Sascha verdattert.

„Er hat mit 2,3 Promille seinen Streifenwagen in meinen Privatwagen gefahren! Und er will nur einen Glühwein getrunken haben. Wer so einen Glühwein kochen kann, der ist genau euer Mann."

Karl verabschiedete sich und Sascha und Klaus besichtigten erst einmal ihre neue Unterkunft. Zwar war alles etwas beengt, aber sonst fehlte es an nichts. Sascha stellte drei Campingstühle und einen Tisch auf den Bürgersteig. Klaus baute den Grill auf, während Günther aus ihrer Pension Grillwürstchen und einen Kasten Bier holte. Es wurde ein sehr angenehmer Abend, der junge Kollege erwies sich als echte Stimmungskanone und so war es drei Uhr morgens, als die drei Beamten schwer angetrunken in ihre Betten fielen.

VIII

Am nächsten Morgen erwachte Sascha als Erster. Es war schon hell und nach einem kurzen Blick auf seine Armbanduhr musste er erschrocken feststellen, dass es schon neun Uhr war. Er weckte Klaus und ging dann in ihr altes Zimmer zum Duschen. Als er zurückkam, stand Klaus in der winzigen Kochecke und versuchte, Kaffe zu kochen.

„Was ist denn mit Günther?"

„Dem geht 's nicht gut", antwortete Klaus lachend. Sascha schaute auf den Haufen voller Elend, der gerade versuchte, aufzustehen, und sich überdies jammernd den Kopf hielt.

„Die Jugend von heute ist auch nicht mehr das, was sie mal war!", meinte Sascha kopfschüttelnd.–

„Ja, hetzt ihr nur mal! Wenn ihr meine Kopfschmerzen hättet …", jammerte Günther, der sich gerade wieder zurück in sein Bett legte.

„Glaub' ich das?"

Sascha bekam keine Antwort mehr, Günther schnarchte laut los und sie begaben sich zum Frühstücken nach draußen, wo es nach ihrer nächtlichen Feier aussah, als hätte eine Bombe eingeschlagen. Sascha räumte mit einer Armbewegung die leeren Bierflaschen vom Tisch, die klirrend zu Boden fielen. Dann tranken sie viel zu starken Kaffee und aßen trockenes Toastbrot. Nach weiteren zwei Tassen Kaffee und gut vier Zigaretten waren beide gestärkt genug, um sich an die Arbeit zu machen.

„So, und wo fangen wir heute an?", fragte Klaus.

„Ich finde, wir gehen zum alten Bauern und bedanken uns für alles. Für den Kaffee, den du gekocht hast, hat er eine in die Fresse verdient", erläuterte Sascha.

Sie machten sich auf den Weg zum Gutshaus. Gerade gingen sie an dem großen Hauptportal der Kirche vorbei, als sie aus dem Inneren des Gotteshauses Schüsse hörten. Sascha reagierte blitzschnell, rannte die drei Stufen zur Tür hoch und riss diese auf. Kaum, dass er in dem Gebäude war, ging er hinter der letzten Sitzbank in Deckung und zog seine Waffe. Aus dieser Position versuchte er zu ermitteln, wo die Schüsse hergekommen waren. Erneut fielen zwei Schüsse, Sascha schaute von seinem Versteck auf und sah Walter Steiner, der mit seiner Schrotflinte in den Beichtstuhl schoss. Sascha sprang auf und rannte auf den alten Mann zu. Er wollte die Zeit nutzen, die dieser zum Nachladen brauchte. Doch diesmal war der Alte schneller; Sascha konnte gerade noch hinter eine Bank springen, da knallte schon das Geschoss nur wenige Zentimeter über seinem Kopf ins Holz.

„Wirf die Waffe weg, das bringt doch nichts mehr!"

Sascha wusste, dass der Alte nicht aufgeben würde, aber er sah, wie sich Klaus auf der anderen Seite in Richtung Altar schlich. Etwas Ablenkung konnte also nicht schaden und wenn sie ihn erst einmal in der Zange hatten, da war sich Sascha sicher, hatte er mit der letzten verbleibenden Patrone in seiner Langwaffe keine Chance mehr. Klaus pirschte sich hinter den Altar und war nun im Rücken Steiners. Dieser achtete immer noch nur auf Sascha. Klaus drückte dem Alten den Lauf seiner Neun-Millimeter-Pistole an den Hinterkopf:

„Peng, du bist tot. Waffe fallen lassen, Arschloch!" Resignierend ließ der alte Mann die Schrotflinte fallen. Klaus legte dem Bauern sofort Handschellen an und schaute dann zu Sascha, der inzwischen hinzugekommen war und völlig gebannt in den Beichtstuhl starrte. Klaus folgte dem Blick seines Kollegen und sah den leblosen Körper des Pastors. Der alte Mann hatte seine zwei letzten Schrotgeschosse offensichtlich in den Rücken des am Boden liegenden Geistlichen geschossen.

„Hey Alter, bete zu Gott, dass es ihn nicht gibt." Sascha hatte den Blick von dem Toten abgewandt und schaute nun dem Schützen in die Augen. „Kann mir nicht vorstellen, dass du beim Jüngsten Gericht gute Chancen auf einen fairen Prozess hast."

„Ein Vater muss tun, was ein Vater tun muss", erwiderte der alte Bauer teilnahmslos.

Sascha wandte sich wieder dem Toten zu:

„Was hat der in der Hand?" Er trat näher heran, um besser sehen zu können.

„Einen Bleistift, was wollte er damit?"

Er bückte sich, um unter den kleinen Tisch zu schauen, dorthin, wo die Hand des Toten hinzeigte.

„Da steht was. ‚An die Wölfe, jetzt sind es zwei verirrte Schafe, hinter der nördlichen Wand im Keller des neuen Gutshauses findet Ihr die Antwort auf Eure Fragen.' Interessant, was meinst du, Klaus?"

„Verstehe nur Bahnhof! Warum schreibt er nicht einfach, wer die Mädchen umgebracht hat, und gut."

„Hat er doch, ich ruf Bergmann an, wir brauchen einen Durchsuchungsbefehl und Spezialisten von der Spurensicherung brauchen wir auch. Bin gleich wieder da, pass du solange auf unseren Mörder hier auf, dass er keine Flügel bekommt."

„Hältst du mich eigentlich für blöd?"

„Hab ich nicht gesagt."

Sascha ging mit seinem Handy nach draußen. Nach wenigen Minuten kehrte er zurück und wandte sich Walter Steiner zu:

„So, Opa, jetzt beichte mir mal, warum du die Mädchen ermordet hast?"

Der alte Mann würdigte ihn keines Blickes.

„Jetzt, wo du lebenslänglich hinter Gitter gehst, kannst du es uns doch sagen!"

„Du willst die Wahrheit wissen?" Der alte Mann sprach ganz ruhig und gefasst, „du bist ein Arschloch und mit Arschlöchern rede ich nicht!"

Klaus reagierte sofort und konnte Sascha gerade noch wegziehen, sodass der Schlag sein Ziel verfehlte.

„Lass mich los! Jetzt bekommt er, was er verdient. Ich schlag ihm sein arrogantes Grinsen aus der Fresse!"

Mit einem festen Ruck zog Klaus seinen Kollegen aus der Reichweite, um sicher zu sein, dass er sein Vorhaben nicht doch noch in die Tat umsetzen konnte.

„So, Sascha, raus hier, du verbreitest hier eine ganz miese Stimmung, warte draußen auf Bergmann, oder besser, hol Kaffee, rauch ein paar Zigaretten."

„Der hat aber …"

„Nein, keine Schlägerei in einem Gotteshaus."

„Kein Problem, ich roll ihn auch vor die Tür, bitte, nur einen oder zwei Schläge und ich bin zufrieden."

„Raus!!"

Sascha sah ein, dass er nicht mehr zu seinem Recht kommen würde, und räumte beleidigt das Feld. Eine halbe Stunde später kam er mit Karl Bergmann, einem halben Dutzend Kollegen, die Klaus noch nie zuvor gesehen hatte, und mit einem vollen Becher Kaffee zurück.

„So, Karl, hier ist die Leiche des Pastors, hier die Tatwaffe und", er zeigte angewidert auf Walter Steiner, „das ist der Täter – auf frischer Tat gefasst."

„Gut!" Bergmann zeigte auf die Beamten, die er mitgebracht hatte: „Matthias, Nils, ihr bringt den Verdächtigen ins Präsidium, ich kümmere mich dann um ihn. So, der Rest untersucht den Tatort, und seid gründlich. Und wir fahren zu dem Gutshaus."

Sie gingen zusammen aus der Kirche; auf dem Platz vor dem Gotteshaus war reger Betrieb, sechs Streifenwagen, ein Leichen- und ein Krankenwagen. Sascha rannte die paar Meter zu ihrer Pension und holte den Porsche, er fuhr voran, ihm folgten Bergmann, der Klaus mitnahm, und drei Streifenwagen. Vor dem gusseisernen Tor parkte Sascha und ging zu Bergmanns Wagen.

„Hast du das dabei, worum ich dich gebeten habe?"

„Hinten im Kofferraum."

Sascha öffnete den Kofferraum und holte einen Vorschlaghammer heraus. Zwei der uniformierten Kollegen aus den Streifenwagen, die ihnen gefolgt waren, hatten auch Vorschlaghämmer und Äxte dabei.

„Haben wir uns von der Autobahnmeisterei geliehen", erklärte Bergmann. „Lustige Jungs, der Krankenwagen folgt uns, sie meinten, den würden wir brauchen."

Sie gingen direkt zum Haupteingang des neuen Gutshauses. Bergmann klingelte, eine ältere Frau um die siebzig öffnete die Tür.

„Sie wünschen?"

Bergmann zeigte ihr den Durchsuchungsbefehl. Die alte Frau las den Brief durch, nickte dann kurz und nach einem Blick auf die Werkzeuge in den Händen der Beamten bat sie:

„Kommen Sie rein und fühlen Sie sich wie zu Hause."

Die Beamten traten ein und zur Erleichterung der alten Frau gingen sie ohne Umweg in den Keller. Sie folgte ihnen. Einer der Beamten, ein stark gebauter, kahlköpfiger Mann, zwei Meter groß, schaute zu Bergmann und fragte kurz: „Die Nordwand?"

„Ja, Artur."

Artur ging zur Nordwand, riss das Regal weg, das Inventar flog in weitem Bogen auf den Boden. Im nächsten Moment schnappte sich der Hüne seinen Vorschlaghammer und schlug mit aller Wucht zu. Erst spritzten nur ein paar Kiesel weg, dann verschwand ein ganzer Stein nach innen und öffnete den Blick auf einen Hohlraum, der hinter der Wand verborgen war.

„Stop!", rief Bergmann. Der Riese ließ sofort den Hammer sinken:

„Ja, Chef?"

„Wir sollten die Wand nicht einschlagen, der Schutt sollte nicht auf das fallen, was wir dort suchen."

„Leuchtet ein." Artur fuhr mit dem Stiel des Vorschlaghammers in das Loch und versuchte, dieses Stein für Stein zu vergrößern; er kam nur sehr langsam voran. Nach einer Viertelstunde hatte Artur das Loch auf gut einen halben Meter im Durchmesser vergrößert. Sascha tippte Artur auf die Schulter.

„Lass mich mal reinschauen." Sascha nahm sein „Maglight" und leuchtete damit in den Hohlraum, steckte seinen Kopf in das Loch und schreckte schockiert zurück:

„Ich glaube, wir haben Maren gefunden."

Bergmann nahm Sascha die Taschenlampe aus der Hand, um selbst in den Hohlraum zu schauen.

„Scheiße."

Dann machte er wieder Platz für Artur, der sofort wieder daranging, Steine aus der Wand zu brechen.

„Haben Sie Kaffee?", fragte Bergmann die Frau des Hauses.

„Natürlich, wollen Sie einen?"

Sascha, Klaus und Bergmann nickten, folgten der Alten die Treppen herauf und setzten sich in die Küche. Die Frau stellte vier Tassen auf den Tisch und goss Kaffee ein. Sie waren sich sicher, dass die Beamten unten im Keller wesentlich schneller und besser vorankommen würden, wenn sie nicht auch noch im

Weg ständen. Sie hatten gerade ausgetrunken, als einer der Beamten aus dem Keller in die Küche kam und verkündete: „Wir sind fertig, kommen Sie."

Die drei folgten dem jungen Polizisten zurück in den Keller. Die Wand an der gegenüberliegenden Seite war völlig herausgerissen. Der Blick war nun frei auf eine skelettierte Leiche, ihre Kleidung hing lose auf den Knochen, im Schädelknochen klaffte ein Loch. Am Boden lagen ein blutverschmierter Spaten und ein kleines Buch. Das Buch war in Leder eingebunden und auf dem Einband stand in goldenen Buchstaben: „Tagebuch". Sascha lief über das Geröll der eingerissenen Wand, das den gesamten Kellerboden bedeckte, bückte sich und hob das Buch auf. Er setzte sich und fing an, darin zu lesen. Der anderen machten sich daran, den Fundort zu sichern, die Beamten von der Spurensicherung verpackten den Spaten, der nach erster Erkenntnis das Tatwerkzeug war.

Karl und Klaus saßen schon wieder in der Küche und tranken Kaffee mit der Hausherrin, als Sascha das Tagebuch durchgelesen hatte. Er ging zu seinen Kollegen und bat sie, zu ihm zu kommen.

„Ich habe das Buch durchgelesen, Vater des Kinds ist wirklich Marco Merkel. Nun, sie haben sich nach diesem Klassenausflug weiter heimlich getroffen. Irgendwann hat das unser lieber Pastor unserem sauberen Bauern Steiner gesteckt und Marcos Vater hat die Beziehung verboten, mit sehr wenig Erfolg. Jetzt wird 's interessant. 18. September, ihr erinnert euch, das ist der Tag, an dem unser Bürgermeister seine Zwangsversteigerung mitgeteilt bekam. An dem Tag gab er ihr 15.000 Mark dafür, dass sie aus Altleiningen verschwindet. Zum 20. September steht nun zweierlei im Buch: zum Ersten, dass sie sich mit Marco treffen will, und zwar da, wo sie zusammengekommen sind."

„In der Hütte im Falkensteiner Tal!"

„Genau, Klaus, ich sehe, du denkst mit. Zum anderen erklärt es die Fahrkarte in ihrem Geldbeutel; sie war wirklich freiwillig dort, sie wollte eine Entscheidung, entweder Marco geht mit ihr oder – nun, das können wir vergessen. An einen Selbstmord mit drei Messerstichen im Rücken ist natürlich nicht zu denken. So, das Nächste, was im Buch steht, ist ein Brief an Maren. Sie verabschiedet sich, erklärt ihr, warum sie geht, und teilt ihr zudem mit, wenn Marco zurückkäme, solle sie das Geld nehmen."

„Warum tötet er Maren, bevor er überhaupt weiß, was mit Jessica ist? Und wo ist das Geld?", fragte Karl.

„Nehmen wir mal an, er wusste, was mit Jessica passiert war, dann war Maren eine gefährliche Mitwisserin.", überlegte Sascha und folgerte dann: „Wahrscheinlich wusste er, dass sich jemand um Jessica kümmern wird."

„Was meinst du, Sascha?"

„Jetzt ist doch klar, wer Jessicas Mörder ist!", sagte Sascha selbstgerecht.

„Wirklich?"

„Klar, Marco, wer sonst wusste, wo sie sich treffen? Er war alleine mit ihr dort, er hatte als Einziger die Möglichkeit!", kombinierte Sascha.

„Ja, aber Marco war doch fein raus. Wenn er zu dem Kind steht, reißt er mit seiner Freundin und mit 15.000 Mark Startkapital aus, wenn nicht, kann es ihm egal sein – sie begeht Selbstmord."

„Nur – wusste er das? Er wusste nur, dass sein Vater alles verlieren würde, wenn er bei ihr bliebe, und er musste noch für ein Kind aufkommen – er war es! Und das erklärt auch das falsche Geständnis seines Vaters. Er wollte ihn schützen.

Bergmann, lass diesen Marco Merkel festnehmen und zum Tatort bringen, dort überführen wir ihn", erklärte Sascha.

„Ich lass ihn festnehmen", antwortete Karl wenig erfreut, „sagen wir, dass wir uns in einer Stunde an der Hütte treffen."

Die Beamten verabschiedeten sich.

IX

Sascha jagte seinen Porsche, so schnell er konnte, nach Falkenstein, sodass sie eine halbe Stunde vor dem vereinbarten Termin am Treffpunkt waren. Sie mussten fast eine Stunde warten, bis auch Karl Bergmann und Marco Merkel an der kleinen Waldhütte ankamen. Sie gingen in das Schlafzimmer, in dem der Mord passiert war. Sascha bat Marco, sich zu setzen, und begann:

„So, ausgespielt! Sie hatten nie was mit Jessica? Sie kannten sie eigentlich gar nicht? Lüge!"

„Aber …", versuchte sich Marco zu rechtfertigen.

„Fresse halten, jetzt rede ich!", unterband Sascha diesen Versuch, „es war von Anfang an unklar, weswegen das Opfer ausgerechnet hier gefunden wurde. Ich hatte erst den Verdacht, das Mädchen sei wirklich ausgerissen und dann auf einen fremden Täter getroffen, nur warum hätte der sie ausrechnet hierher bringen sollen? Ich glaube nicht an Zufälle. O. k., wir brauchten also jemanden, der ein Fahrzeug hatte, um sie hierher zu verschleppen. Seit gestern wissen wir, dass dies ein Denkfehler war, sie ist freiwillig hierhergekommen. Frage: Mit wem? In ihrem Tagebuch steht, sie wollte ihrem Freund sagen, dass sie schwanger ist. So, Herr Merkel, wir sind davon überzeugt, dass sie mit Ihnen hergekommen ist. Sie haben sich hier amüsiert und dann hat sie Ihnen gesagt, dass sie schwanger ist. Sie wussten, dass Ihr Vater pleite ist und dass seine Hochzeitspläne zerstört wären, wenn das rauskäme, was folglich den Ruin Ihres Vaters nach sich ziehen würde. Sie sind in die Küche gegangen, haben ein Messer geholt und haben zugestochen."

„Nein", protestierte der Beschuldigte.

„Bevor Sie leugnen, hören Sie doch erst mal zu! Es gibt heute Methoden, um festzustellen, ob sie hier ermordet wurde. Wahrscheinlich kann man auch nachweisen, mit wem sie Geschlechtsverkehr hatte. Wir haben Kleidung, Tatwaffe und die Bettbezüge gefunden, finden wir daran nur ein Haar von Ihnen … Wissen Sie übrigens, was im Gefängnis mit Kindermördern passiert? Da glüht die Rosette! Wenn Sie gestehen, könnten wir Ihnen helfen!"

„Ich hab Jessica nichts getan! Das hätte ich nie gekonnt. Es stimmt, wir sind zusammen hier gewesen und wir hatten auch Sex. Dann hat sie mir gesagt, dass ich Vater werde. Sie wollte mit mir ausreißen, irgendwohin, wo uns niemand finden könnte, nicht mein Vater und auch nicht mein widerlicher Schwiegervater. Ich hab ihr gesagt, dass ich nachdenken muss, und bin zur großen Eiche gegangen, da saß ich fast zwei Stunden und habe nachgedacht."

„Und der einzige Ausweg war? Lassen Sie sich nicht alles aus der Nase ziehen."

„Der einzige Ausweg war, mit Jessica wegzugehen und irgendwo anders ganz neu anzufangen. Nur, als ich zurückkam, war sie nicht mehr hier. Deswegen die Zeitungsannoncen, deswegen bin ich immer mit Ihrem Chef in Kontakt geblieben. Ich dachte, sie wäre gegangen, weil ich damals nicht gleich Ja gesagt habe, und wenn sie nur erführe, dass ich mich für sie entschieden habe, käme sie zurück."

Sascha versuchte, irgendein Anzeichen dafür zu finden, dass er log, aber er fand keines. Zwar wollte es sich nicht eingestehen, aber sein Bauch sagte ihm, dass er die Wahrheit gehört hatte. Er schaute in die Gesichter seiner Kollegen und stellte fest, dass es ihnen genauso erging.

Nach einer halben Ewigkeit unterbrach Saschas Mobiltelefon das Schweigen.

„Weber!", meldete er sich knapp.

„Vanessa Bach, wir haben wichtige Neuigkeiten", hörte er eine nette, vertraute Stimme am Telefon.

„Na, dann schieß mal los!"

„Die Fingerabdrücke am Messer aus dem Sumpf und die vom Spaten, den wir beim zweiten Opfer gefunden haben, stimmen überein. Aber es sind nicht die Fingerabdrücke von diesem Walter Steiner, der den Pastor ermordet hat!"

„Was soll das heißen?", fragte Sascha verdutzt.

„Auch haben wir sie mit den Fingerabdrücken von Marco Merkel, die wir bei seiner Festnahme genommen haben, verglichen – auch keine Übereinstimmung."

„Das kann doch nicht sein. Können sich die Abdrücke in den letzten zwanzig Jahren verändert haben?"

Sascha war verzweifelt, langsam sah er seine Felle davonschwimmen.

„Nein!" Die Antwort klang endgültig. „Aber wir haben weitere Spuren gefunden, am Bettlaken waren längere rote Haare, die nicht zum Opfer gehören, das war ja blond."

Nun wurde Sascha alles klar und er konnte nicht glauben, dass er bisher noch keinen Gedanken an diese Lösung des Falls verschwendet hatte.

„Sind wir blöd! Danke, Vanessa, hast uns sehr geholfen."

Sascha beendete das Gespräch, sank auf das Bett und dachte nach. Alle Augen in dem kleinen Raum waren auf ihn gerichtet, Klaus sprach aus, was alle dachten:

„Was ist los, sag doch was."

„Wir sind so dumm! Wir müssen zurück nach Altleiningen."

Sascha stand auf und ging zu seinem Porsche, die anderen folgten ihm. Sie stiegen alle zusammen in den Geländewagen, der auch für vier Personen genügend Platz bot. Im Berufsverkehr kamen sie nur langsam voran und so brauchten sie über eine Stunde, bis sie wieder in Altleiningen waren. Die Sonne war inzwischen untergegangen. Zielsicher parkte Sascha den Wagen vor der Villa von Marco Merkel. Die Fenster waren hell erleuchtet, Sascha stieg aus und ging zur Haustür. Die anderen folgten ihm verdutzt. Manuela Merkel öffnete schon nach dem ersten Klingeln die Tür. Sie war bekleidet mit einem hellgrauen Trainingsanzug und sah darin wie eine Presswurst aus. Sie gingen ins Wohnzimmer, das sehr geschmackvoll eingerichtet war. Offenbar hatten sie Frau Merkel bei ihrer Lieblingsbeschäftigung unterbrochen; der Fernseher lief und auf dem Wohnzimmertisch waren Chips, Erdnüsse und Süßigkeiten aufgebaut. Die Hausherrin setzte sich auf das Ledersofa, griff erst mal in die Erdnüsse und schob ein paar in den Mund. Dann sprach sie mit vollem Mund, wobei sie viele Erdnüsse über den Tisch verteilte:

„Bedienen Sie sich, ich mach sowieso gerade Diät."

Dieser Anblick genügte, um jedem im Raum den Appetit gänzlich zu nehmen.

„Wir sind hier, um Sie wegen der Morde an Jessica Tiefenbach und Maren Hoffmann zu verhaften."

Saschas Begleiter sahen ihn verständnislos an und Manuela spuckte vor Schreck die restlichen Erdnüsse über den Tisch.

„Was soll das? Willst du jetzt jedem im Ort die Morde zur Last legen?", erzürnte sich Klaus.

„Nein, aber denk mal nach. Der Pfarrer hat doch geschrieben, jetzt wären es zwei Mörder! Also wurden die beiden Mädchen von einer Person getötet, und zwar von einer Person mit Auto, da sie in kurzer Zeit zu beiden Tatorten gelangen musste. Zudem muss ein Vater tun, was ein Vater tun muss! Er musste den Einzigen, der wusste, dass seine Tochter die Mörderin war, zum Schweigen bringen! Erinnerst du dich daran, was Walter Steiner uns beim ersten Treffen gesagt hat?"

Klaus versuchte, sich zu erinnern: „Hat der alte Narr also doch geplaudert, das wird er noch bereuen."

„Genau, und die Lehrerin, was hat sie uns schon am ersten Tag über Maren gesagt? Sie kann nicht lesen. Wer hat ihr die Botschaft aus dem Tagebuch vorgelesen? Zum alten Bauern ist sie bestimmt nicht gegangen."

„Manuela?"

Marco Merkel sprach aus, was jeder schon vermutete.

„Ja!", bestätigte Sascha, „sie haben Haare von ihr an Jessicas Sachen gefunden und wenn sie ihre Fingerabdrücke mit denen auf der Tatwaffe vergleichen, bin ich mir sicher, dass die übereinstimmen. Wie blöd kann man eigentlich sein, die Fingerabdrücke nicht abzuwischen?"

„Die Schlampe hatte es verdient, sie wollte alles kaputt machen", brüllte Manuela und wieder flogen Erdnussstücke über den Tisch. „Stimmt, diese bescheuerte Maren war zu blöd zum Lesen, ich hab ihr den Brief vorgelesen und dann hat sie sich gierig um das Geld gekümmert. Pech gehabt, hätte sie mal lieber auf mich geachtet. Und dann hab ich durch das Fenster gesehen, wie sie mir Marco wegnehmen wollte. Und als er in den Wald ging, hat sie bekommen, was sie verdient hat. Hat sie wirklich geglaubt, sie könnte mir ungestraft den Mann wegnehmen?"

„Du bist wahnsinnig!", brüllte ihr Mann sie an.

„Schluss jetzt!", fuhr Sascha dazwischen, „wie passt Walter Steiner dazu?"

„Papi hat nichts damit zu tun. Er wollte mir nur helfen. Er hat Maren im Keller liegen sehen, das Buch gefunden und eins und eins zusammengezählt. Er hat mir geholfen. Die Idee, Jessica im Sumpf zu vergraben und Maren einzumauern, war von ihm."

„So, Schluss mit der Vorstellung!" Mit diesen Worten nahm Sascha die Handschellen aus der Jackentasche. Er achtete nicht auf Manuela, die unbemerkt von allen in die Sesselspalte langte. Als Sascha ihren linken Arm nahm, um ihr die Handschellen anzulegen, zog sie mit der rechten Hand ein Messer hervor und rammte es ihm in den Magen. Sascha brach mit einer stark blutenden Wunde zusammen. Klaus stürzte sich sofort auf die stark beleibte Frau und schlug auf sie ein. Karl ging auf die Knie und drückte sein Jackett, das er zu einer festen Rolle zusammengedreht hatte, auf die Wunde. Dann rief er dem immer noch völlig verdatterten Marco Merkel zu:

„Ruf die Polizei, wir brauchen Verstärkung und einen Krankenwagen. Schnell!"

Die Notärzte, die wenig später kamen, versuchten alles, um Sascha zu stabilisieren, und brachten ihn, so schnell sie konnten, ins fünfzehn Kilometer entfernte Kreiskrankenhaus.

X

Sascha erwachte, wusste aber nicht, wo er war. Er saß auf einer langen Holzbank. Zu seiner Linken saß der Pfarrer von Altleiningen, rechts von ihm weitere Personen, die er noch nie gesehen hatte. Je mehr er sich ein Bild von der Lage machte, umso mehr kam er sich vor wie in einem Gerichtssaal. Es fehlte das Publikum, auch sah er keinen Anwalt. Als er zum großen Pult vor sich aufschaute, sah er Hans-Harald Kunze. Der sah noch genauso lächerlich aus wie zu ihrer gemeinsamen Schulzeit: Mittelscheitel, Hornbrille, kariertes Hemd, von dem nur der Kragen aus dem braun-grau gestreiften Strickpullover herausschaute. Sascha konnte zwar nicht durch das Eichenpult hindurchsehen, aber er hätte schwören können, dass Hans-Harald die braune Kordhose trug, die fünfzehn Zentimeter Hochwasser hatte. Hans-Harald war der Streber in der Klasse gewesen, hatte keine Freunde und Sascha hatte zu seinem dreißigsten Geburtstag mit allen Klassenkameraden gewettet, dass Hansi noch nie eine Frau nackt genossen hätte. Nun, heute war er ihm sogar dankbar – viel von seiner Schlaghärte hatte er sich beim täglichen Training im Schulbus, an „Punchingball-Hansi", so hatte ihn die Klasse immer gerufen, geholt.

„He Hansi, wie geht 's?"

Hans-Harald Kunze würdigte ihn keines Blickes.

„Hallo Punchingball-Hansi, tu nicht so, als würdest du mich nicht kennen, meine Rechte ist doch unvergesslich!"

„Herr Weber, Sie reden, wenn Sie an der Reihe sind."

Sascha war überrascht, eine so unverschämte Antwort zu erhalten, und das noch im Befehlston.

„Lange keine mehr in die Fresse bekommen, brauchst du mal wieder eine Erinnerung, wie das so ist?", und nach kurzer Pause fügte er hinzu: „Du blödes Arschloch!"

„O. k., Weber!" Hansi wirkte genervt, redete aber ruhig, fast gleichgültig weiter: „Dann nehmen wir Sie also mal vor. Setzen Sie sich hierhin."

Er zeigte auf den Tisch, der direkt vor seinem Pult stand. Sascha „kotze", da er sich ausgerechnet von diesem Versager herumkommandieren lassen musste, ging dann aber doch zu dem ihm zugewiesenen Platz.

„Verlesen sie die Anklage." Hansi sprach zu dem Jesusverschnitt zu seiner Linken. Es war ein Mann mit langen, ungepflegten Haaren und einem Vollbart, auf den „ZZ Top" stolz gewesen wären. Zu allem Überfluss saß er auch noch im Nachthemd da. Er stand auf, nahm einen tiefen Schluck aus einem Bierglas und fing an zu sprechen:

„Sascha Weber wird zur Last gelegt, gelogen und geflucht zu haben, er hatte mehrfach Sex vor der Ehe, er hatte …"

„Genug, genug!", fiel ihm Hans ins Wort. Mit einem fiesen Grinsen wandte er sich wieder Sascha zu:

„Tag der Abrechnung, ich hatte nicht gedacht, dass ich das jemals zu einem Nicht-Amerikaner sagen würde: Hölle ohne Bewährung!"

Rechts neben Saschas Stuhl ging der Boden auf, er konnte nur eine Treppe nach unten sehen, die in Flammen verschwand. Dann sah Sascha auf einmal „ihn" aus den Flammen emporsteigen – er hatte das Gesicht des ehemaligen amerikanischen Präsidenten, Hörner, einen Pferdefuß zur Linken und einen normalen zur Rechten. Mit seiner gierigen Pranke griff er nach Sascha, um ihn nach unten zu ziehen. In Panik schrie Sascha, so laut er konnte:

„Nein, lass mich los!"

Er wand sich, er versuchte, sich aus dem Griff zu befreien: „Nein, lass mich!"

Sascha erwachte in einem hellblau bezogenen Bett.

„Ruhig, ganz ruhig, du hast nur schlecht geträumt!", vernahm er eine liebevolle, vertraute Stimme. Sascha war schweißgebadet, er wusste wieder nicht, wo er war: weiße Wände, eine weiße Decke und weiße Vorhänge. Er drehte sich zu der Stimme um und erkannte Silke. Sie hielt seine Hand und hatte Tränen in den Augen.

„Ich dachte schon, wir hätten dich verloren."

Sascha verstand die Worte nicht. Hinter Silke saßen Karl und Klaus, Klaus hatte diese widerliche Politesse im Arm. Einen Moment lang glaubte er, vielleicht doch in der Hölle zu sein. Glücklich schlief er wieder ein.

XI

Nach zwei Wochen wurde Sascha aus dem Krankenhaus entlassen. Gegen Manuela Merkel wurde Anklage erhoben. Ihr Vater brach zusammen, als er davon erfuhr; mehrere Gutachter hielten den gebrochen Mann für nicht verhandlungsfähig. Er wurde aus der U-Haft entlassen und bekam den nächsten Schicksalsschlag, als er erfuhr, dass Marco Merkel die Scheidung eingereicht hatte. Er erlebte den Prozess gegen seine Tochter nicht mehr. Eine Woche vor Prozessbeginn verstarb der alte Mann.

Auch im Leben von Sascha und Klaus sollte sich etwas ändern. Karl Bergmann fasste endlich den Mut und bot ihnen an, für ihn zu arbeiten.

Der Prozess dauerte nur drei Tage, die Beweise, die gefundenen Fingerabdrücke und Haare, die von Manuela stammten, aber auch die Indizien waren erdrückend. Der Richter brauchte nur fünfzehn Minuten, um sein Urteil zu finden: lebenslänglich.

Eine Woche danach trafen sich Sascha und Klaus mit Karl und Marco. Karl hatte ihnen von seinen Plänen erzählt, sie als seine Sonderermittler zu sich zu holen. Die beiden Beamten hatten nun genug Zeit gehabt, sich darüber Gedanken zu machen. Sie fühlten sich geehrt, hatten aber noch drei Bedingungen, an denen sie ihre Versetzung festmachen wollten. Marco wandte sich an die beiden:

„So, Karl hat Ihnen bestimmt gesagt, was er will. Ich habe mit dem Justizminister gesprochen und das ist unser Angebot: Sie haben freie Hand, Sie dürfen sich die Fälle aussuchen und doppeltes Gehalt für Sie beide gibt es obendrein."

Sascha sagte mit ernster Mine: „Klingt klasse, nur gibt es da noch drei Dinge." Er zeigte auf die Liste, die Marco in der Hand hatte. Marco sah zu Sascha:

„Sie wünschen sich einen neuen Dienstwagen, so einen Porsche-Geländewagen, wie Sie ihn sich ausgeliehen hatten?" Sascha nickte.

„O. k., der ist genehmigt!" Sascha grinste übers ganze Gesicht, sprang auf, sah dann aber Klaus' versteinerte Miene und setzte sich wieder.

Marco fuhr fort: „Und Sie, Klaus, Sie wünschen sich eine Sekretärin, sodass Sie nie mehr Berichte schreiben müssen."

Jetzt nickte Klaus.

„O. k., die ist auch genehmigt." Jetzt sprang Klaus auf und wollte jubeln, sah aber zu Sascha und setzte sich wieder. „Was wollen Sie denn noch? Mehr kann ich nicht tun!" Und nach einem Kontrollblick in die traurigen Gesichter fügte Marco lachend hinzu: „Und der Kaffeevollautomat, den Sie sich beide gewünscht haben, der wird morgen geliefert."

Sie stimmten der Versetzung sofort zu. Karl sah zu den beiden: „Ich erwarte euch dann am Montag!"

„Daraus wird nichts!", erklärte Sascha.

„Wieso, wir sind uns doch einig!"

„Sind wir!", bestätigte Sascha „Nun, mir ist im Krankenhaus eines klar geworden."

Verständnislose Blicke trafen ihn.

„Ist schwer zu erklären, aber ich werde am Montag heiraten."

Alle lachten und stießen auf eine erfolgreiche Zukunft an.

Epilog

Hans-Harald Kunze wachte auf. Trotz seiner erst zweiunddreißig Jahre waren seine wenigen Haare grau. Er griff zum Nachttisch, um seine schwere Hornbrille herunterzunehmen, ohne die er fast blind war. Müde schleppte er sich ins Bad. Gestern hatte er wieder zwölf Stunden arbeiten müssen. Ihm machte das nichts aus, er hatte außer Fernsehen sonst nichts in seinem Leben. Er ging zurück in sein Zimmer und hörte schon die eindringliche Stimme seiner Mutter:

„Hansi, hast du schon wieder vergessen, den Müll runterzubringen?"

„Ja, Mutti."

„Und räume endlich dein Zimmer auf und lass dir bloß nicht einfallen, dir wieder den ganzen Nachmittag diese bekloppten Talkshows anzusehen."

„Ja, Mutti.", antwortete Hans-Harald, setzte sich vor den Fernseher und schaltete eine Talkshow ein. Zwei Stunden später zog er seine Uniform an; er arbeitete für ein Security-Unternehmen, das amerikanische Einrichtungen bewachte. Frustriert steckte er seinen Dienstausweis ein und sein goldenes Abzeichen an die Uniform und lief zur Straßenbahnhaltestelle. Das Autofahren hatte ihm die Mutter wegen der zu hohen Benzinpreise verboten.

An diesen Nachmittag fuhr ein schwarzer Porsche-Geländewagen in eine US-Kaserne in Mannheim-Käfertal. Ein Mann Anfang dreißig stieg aus; er war sportlich gekleidet, hatte dichtes schwarzes Haar und rauchte eine Zigarette. Er ging zum ersten Guard, den er sah, zeigte seinen Polizeiausweis und fragte:

„Ich suche Hans-Harald Kunze, wo ist er?"

„Er ist heute Supervisor, soll ich ihn anrufen?"

„Ja, rufen Sie ihn her!"

Wenige Minuten später kam Hans-Harald in einem lächerlich winzigen Firmenwagen und parkte direkt neben Saschas Dienstwagen. Sascha musste fast lachen, als er sah, dass sein Schulkamerad in Uniform genauso lächerlich aussah wie damals.

„Guten Tag, Sie wünschen?", fragte Hans-Harald mit unsicherer Stimme. Sascha schaute sein Gegenüber mit abschätzigem Blick an:

„Und so ein Scheißhaufen will Gott sein! Jetzt, wo du dich nicht mehr hinter deinem Pult verstecken kannst, hast du nicht mehr so eine große Fresse!"

„Ich versteh nicht!", antwortete Hans-Harald verdattert, „wer sind …"

Weiter kam er nicht, eine knackige Rechte von Sascha hatte voll seine Nase getroffen. Er fühlte, wie ihm Tränen in die Augen schossen und warmes Blut aus seiner Nase über sein Kinn lief. Dann spürte er einen zweiten Einschlag. Sascha drehte sich von seinem zu Boden gegangen Opfer weg und sagte zu dem Guard, den er schon vorher gesprochen hatte:

„Du, ruf einen Krankenwagen."

Dann ging er zufrieden zurück zu seinem Porsche. Er war gerade eingestiegen und hatte den Motor gestartet, da kam einer der Uniformierten zu seinem Fahrzeug gelaufen. Sascha ließ das Fenster runter. Der junge Mann streckte ihm die Hand entgegen:

„Danke von uns allen, das hatte der Arsch schon lange verdient."

Sascha wendete und fuhr fort. Er wusste nun, dass er sich wegen der Hölle keine Sorgen machen musste, wenn das der Himmel war!